当代著名作家美文自选集

一个人的凤凰

谢德才　著

中国社会出版社
国家一级出版社·全国百佳图书出版单位

目 录

Contents

第一辑　舌尖上的桑植

第二辑　行走中的风景

第三辑　生活中的人物

第四辑　心灵中的忧愁

第五辑　生命中的岁月

|第一辑|

舌尖上的桑植

桑植民歌

桑植民歌，都是美的。

湖南桑植，是个好地方，贺龙在这里诞生，红二方面军从这里起步。生活在这块土地上的桑植人，在沉闷中，激发了潜藏在心中的酸甜苦辣，吼出去，成了桑植民歌，一种力的歌，一种情的歌，一种展示百味人生的歌。歌声犹如莽莽的红土地，圆满、厚重、雄浑。

来到这里，你会知道这里的山上冒民歌，树上长民歌，地里种民歌，锅里煮民歌，河里流民歌。民歌有小调、风俗歌、劳动号子等。调子中，有喜悦的表达、愤怒的倾吐、苦辣的抒发、风土人情的表白、黑暗的揭露、光明的憧憬，更有爱情的独白和对美好生活的追求。演唱的方式，有独唱、对唱、串唱、合唱、自由地唱。这里的民歌，大人唱，三岁的小孩也会唱。这里的人们心情寂寞时，“顺手捡把柴，讲起没钱我苦愁来……”的歌声，很快从心底涌出，唱着唱着，心像灌进阳光一样暖和。当人们心情激动时，抑制不住对生活的热情，扯开喉咙，就会唱起“桑植是个好地方，地是刮金板啦，山是万宝山，树是摇钱树呀，人是活神仙……”

当年桑植人追随贺龙闹革命时，他们唱道：“要吃辣椒不怕辣，要当红军不怕杀；刀子架在颈项上，砍掉脑壳只碗大个疤”。这歌声坚定、豪迈、气壮山河。他们放木排时，边驶排，边唱“正月是新年，郎要上四川……”木排悠悠、歌声悠悠。倘遇漂亮的妹子，他们像见到魅力的风景，心动，嘴怎么也关不住："韭菜开花细茸茸，有心念郎不怕穷；只要二人情意好，冷水泡茶慢慢浓"的歌声，浸人的心底，像媒婆一样，牵线、搭桥，不少的男男女女因此缔成一种爱情的契约。他们把民歌引用到多种场合，派上用场，让歌声自然而然地飘扬在辽阔的大地上。尤其是在节假日期间，民歌就忙了起来，唱民歌成了桑植人传递与表达喜悦情绪的方式。歌声如酒，恰似这里盛产的苞谷烧，越饮越起劲，越唱越过瘾。这里的歌，风吹不到，雨淋不湿，日晒不裂，雪掩不住，就是刚钻出来的雾，只要一听到是桑植民歌来了，就会很自觉地退回去。桑植民歌真有"上天能赶乌云走、下地能把海填平"的工夫。她先后到过北京、莫斯科、维也纳金色大厅，一展风采。

这里的民歌，为何这么奇特？因为，这里山的灵气养育了她，这里水的清凉保育了她，这里土的肥沃滋润了她，这里民族风情的独特靓丽了她。我爱她，她给我的生命带来了活跃，给我的情感带来了寄托，给我的思想带来了流动，使我真正地感受到活在这个世界上的生命意义。

桑植民歌，折射出桑植人民生活中的岁月。她是源远流长的历史之歌。

芭茅溪的汤

你喝过芭茅溪的“神仙汤”吗？芭茅溪，山山都有芭茅。这里的溪流，从岩缝里、土层中、植物的根系中，慢慢地挤出水来汇集而成。它，如山路一般，喜欢在幽静的大山里绕来绕去。这里，是八大公山国家级自然保护区绿色旅游的金三角，是“洪家关—洪湖”红色旅游路线的经典景点。

大名鼎鼎的“神仙汤”，其实就是用“家乡菜”做成的。

家乡菜，又名香菜。它，住在耐寒的山坡上。你往天平山的方向行走，拐一个弯，再拐无数个弯，经过地势险要、沟壑纵横的地方，爬到海拔 1000 米以上珙桐待的溪水旁，你就可感受到香菜生长的环境。绿油油的香菜，一坡坡、一片片。山里的牛羊，踩过去，踩回来，还毫不怜惜地啃吃它们，香菜却从无怨言。它，一辈子坚守溪水。生了死，死了生。

不知谁的发现，认为它是一种了不起的野菜，便从山里小心翼翼地采摘回来，清洗干净，晒干，切碎，在坛子里卧上一段时间，扯出来……做成一种汤。

汤的香味，常从芭茅溪的“柳荫饭店”溢出。店里老板，来这里已经几十年。客人一来，她满脸微笑，让客人如沐春风。

你在店里，点好饭菜，不用等多久，喝点茶，抽点烟，嚼嚼瓜子，老板就会挪动起桌子，安顿锅子，摆好你点的菜，香菜汤自然也上了桌。

几个人往桌边一围，围出温馨的味道。在客人面前都放一碗香菜汤。老板还说，汤少了，只管喊，免费加。这汤，热气直冒。香菜的叶末，浮在汤的上面。你用嘴轻轻地一吹，叶末立即散开，微黄的颜色，立即亮了出来。喝汤的时候，你不用着急。一着急，嘴巴会烫起泡来。

喝这汤，你最好是慢慢地品，品它如品百年老酒，品得越慢，味道越好。

一桌子的菜，有鱼，有鸡，有野味……吃完以后，给人记忆最深的，要数香菜汤了。

这汤，不像冬瓜汤那样模糊，也不像菖腌菜汤酸得打喷嚏；更不像苦瓜汤那样苦涩。这汤，透明，如炒干蜂蛹的香，醇得可口，鲜美无比。喝过这汤的人，都称之为“神仙汤”。

这“神仙汤”，喝进嘴里，爽到心里。

吃饭的时候，喝了这汤，可以多吃一点儿饭。山里，七老八十的人，不少，都说是喝了这汤延年益寿。村民在山里采摘粽叶，带几个红薯成天在荒无人烟的大山里转来转去，不觉得饿，也不感到累，不怕刺棘，不怕蜂叮，不怕日晒，也不怕雨淋，说是动身之前喝了这汤；山民喝了这汤，歌声更甜，舞姿更美。“香菜啊，香菜，常年山里待，每逢四月人来采；做成汤，人们喝了乐开怀……”歌声，响彻村村寨寨。他们编排的“炸篼舞”，原汁原味、幽默风趣。山里的女人，因青山秀水的滋润，绽放花朵般的美，喝了这汤，姿色大增，微红的脸，勾人灵魂。

吃完饭，喝完汤，老板还赠你一些香菜，让你回家做汤吃。

如果你不是特别赶时间的话，最好不要急着回家，可以到香菜汤店子附近走一走，花几分钟，可以看到贺龙当年两把菜刀砍盐局的旧址。看完旧址，你还可以走上一座石拱桥看一看。这时，闲着无事的风知道了，邀上香菜汤的香味，追赶你的脚步……

南岔的鱼

看山，去张家界；吃鱼，到南岔来。

南岔在桑植县。桑植，贺龙元帅的故乡。去南岔，与去贺龙故居的方向相同，也是同一条水泥路。车子从县城动身，经过八斗溪，再翻一个不大不小的坡，心仪已久的南岔就出现在你的眼前。

这是个极小极小的乡下地方。许多年前，怪丑，鸟儿不愿来，车子绕道，就连躺在她怀里的一些老屋，感觉也不是滋味，待不下去，迁的迁，移的移。剩下的，几乎就是这里的荒凉、忧虑和寂寞。

多年前，这里筑起一座气魄宏伟的贺龙电坝。坝上的鱼，因此有了舒适的生存空间。一条条的鱼，从澧水源头的七眼泉里冲出来，潜入河水中，喜悦无比。这条河，两面的青山紧挨，几乎接吻。这山，仿佛一床绿毯静静地铺着，满是奇异的绿！

这河里，有不少的鱼，鲤鱼、鳜鱼、鲢鱼，还有许多，它们的名字，我实在是叫不出。它们在水中游、洞里钻、滩上跳。一队队地游上去，一排排地游下来。它们没有夸张的本领，足以乘风破浪；波光粼粼的河面，可纵身跃起。生活在这条河里的鱼，一点儿也不浮躁，一点儿也不孤独，一点儿也不忧愁，它们充满的是激情，爱上的是欢乐，歌唱的是阳光般的生活。

当你走进一家家鱼店，鱼的香味立即会扑入你的鼻孔，钻进你的心灵。清煮的、红烧的……烹制各种汤肴。油炸，色鲜；熬汤，清甜；清煮，鲜嫩可口。

无论你是诚心到这里来吃鱼，还是无意地碰上，给你的都是你喜欢的。凡到这里吃过鱼的人，感觉这里的鱼吃不厌，食不腻，究其原因，大约是这里的鱼长期生长在这条没有污染的河水里，营养成分可与对虾、龙虾等海珍相媲美。

你不是热天来这里的话，老板会把你安排在洁净的屋子里吃，保你吃得痛快；若是热天到这里，他们会从屋子里挪出一张张桌子，搁在河沿的水泥板上。几把椅子一围，亲切感就围了出来。当你吃的时候，风再忙，也要悄悄地从山那边翻过来，看你，亲你，吻你，抚摩你，你的浑身像刚擦过清凉油一样凉爽；聪明的小狗，知道你来，老远也摇起尾巴，跑到你的身边，生怕打扰你，默默地躲在桌下清扫卫生；山洞里的水看见了，忍不住，跳出来，溅起又薄又细的水花，尽情地淋浴着你。倏地，一双双眼像涂了“明油”一般的山妹子，靓在你的面前，张开丽质的歌喉。

如今，这里的鱼店“胖”起来了，鳞次栉比的“小洋楼”风光起来。南岔人有了吃的，有了存款，自来水不知不觉地溜进屋子，柏油路也引到家门口。说起来，还挺有趣，最近一位陈姓的台湾同胞回乡探亲，竟走错了路，找不到家。

南岔的鱼，真是让人吃了一回又想一回啊！

西莲的云雾茶

这茶，明朝时列为贡茶！

贺龙赶骡子，从这山里经过，喝了这茶，脸一笑，嘴一张，胡子一翘蹦出两个字："好茶！"

这茶，曾被北京人民大会堂指定为品牌用茶！而今，品茶人，端上茶杯，一闻，就知道这是西莲的云雾茶！西莲的云雾茶，生长在贺龙元帅的家乡——桑植。近千米海拔的西莲，它在桑植东北边陲。这地方，放眼望去，除了山，还是山。一条河流，温顺可爱。山多也好，人们喜欢，鸟们喜欢，茶树们喜欢的程度就更不用说。这里的阳光、草木、土壤、雨雾全看得见，真正看不清的还是这里毫无污染的空气。人们一直没有弄明白的是：究竟是这里的茶爱上这里的山水，还是这里的山水选上这里的茶？反正，山里的茶树，一落户到这里，哪怕金窝银窝都不愿去，若强行将它移栽到其他地方，西莲云雾茶的原味就消失得无影无踪。但是，其他地方的茶树，移栽到这里，两三年后，就会变成名副其实的西莲云雾茶。

一株茶长多高，长多粗，仿佛听命于西莲三鹤园的安排。它，眷恋这浅黑色的沙土，正如艾青诗言："为什么我的眼里常含泪水，因为我对这土地爱得深沉。"它，不仅喜欢这里的土壤，而且喜欢这山里的雾。山里的雾，常在天还没有大亮，就想去看看那些茶树，睡不着。它从深不可测的山沟里爬起来，缓缓行走，走进一排排、一行行的茶林里，转来转去，摸来摸去，轻盈而惬意。茶树遇上它，什么话也不说，弓着腰，露出优美的姿势，与变幻无穷的雾紧紧拥抱。雾滋养嫩芽，嫩芽渗透着雾的精髓。注定要漂泊的茶叶，一个劲地生长，一片片叶子，不知不觉，绿遍大山！“早一天采的是宝，迟一天采的是草。”茶叶一旦要采摘的时候，天一亮，采茶人就挎上茶篓、背上背篓出了门。茶林里的采茶人，东一堆，西一堆，南一堆，北一堆。大人小孩在茶林中穿行，笑的笑，闹的闹，叫的叫。在万绿丛中，游动着采茶人，回响着欢声笑语，飘逸着清脆、悠扬、悦耳的茶歌：“清明茶树发嫩芽，阿哥阿妹来采茶；情歌飞出一连串，飞向海角和天涯……”采茶人用拇指和食指头对准茶尖——绿叶丛中探出如雀儿嘴样的茶尖，轻轻地，轻轻地捏去，无论手势还是力度，都把握得十分精妙，又准又快，翻飞如蝶。一片片的茶叶，细细的，茸茸的。在灵巧的手指间，像钢琴家弹奏歌曲一样，重复着“嚓—嚓—嚓”的乐声。一片片柔嫩、青翠的茶叶，无意间，染绿采茶人的手，逗欢采茶人的心。更令人心醉的，是一些后生们采上茶叶，不时丢进姑娘们的茶篮和背篓里。她们采的是茶叶，收获的是爱情。

采回的茶叶，放在锅里“杀青”，直到噼啪噼啪地响，再从锅里快速地撬出来，撒入簸箕之中，铺开，均匀地铺开。然后，顺同一个方向，一揉，再揉，三揉，再倒入锅中，炒一炒，焙一焙，再撬出来。这时候，茶叶的香味就冒了出来！

“选择好茶，如选择一个好女人。”我曾喝过许许多多的茶，味道不差，也有妙不可言的韵致。但，总比不上这里的茶耐泡。这里的茶，你泡它个三遍四遍不会变味儿，杯中的茶叶十天半月不会发霉，看起来，仍是那样透明与鲜艳；品起来，还是那一般香醇与清新！

一方茶水养一方人。长征途中，贺龙喝了这茶，带领桑植儿女冲出去，换来了今天的幸福！这里，不少人喝了这茶，消化不通的通畅了，皱纹多的减少了，内心积淀的浮躁也逐渐消失了，西莲人的日子一天比一天好过起来了……

哪天有空，你还是到西莲走一走。到那里，你只要往椅子上一坐，茶主就会一手提热水瓶，一手端茶杯，笑吟吟地给你冲上一杯热气腾腾的西莲云雾茶！

美哉，西莲的云雾茶！

河口的豆腐

饭桌上，一个帅哥无意中开起一位美女的玩笑：“美女，你怎么长得这么漂亮？”这个美女一点儿也不觉得羞涩，还哈哈哈地笑起来：“我可是吃河口豆腐长大的！”

一句简单得不能再简单的话，引起我走走河口的兴趣。河口对于我，不是很陌生，相识并相处过，但对那里的豆腐却了解甚微。最近，与几个朋友天黑前到了那个地方。

晚上，我的眼几乎一直睁着，不时都想着这里的豆腐。因为，刚到这里的时候，饭店里，摇着轮椅的老板跟我说：“这里的豆腐真好！……”他老婆见他的话说得不太具体，连忙补充，但补充也补充不到哪里去，只知道自己做出来的豆腐客人都喜欢吃而已。等她说完，轮椅老板加重语气：“天一亮，牌坊那边，做豆腐的，前前后后都上了街！”我终于等到天蒙蒙亮，一个中学生挎着书包上学去，我喊住他，要他给我带带路。这个学生一点儿也没有犹豫，还说他奶奶就是做豆腐的，住在牌坊边。这个学生边说边揉起自己的眼睛，说他的爸爸与妈妈感情不和，离婚多年，妈妈跟别人去外地打工，爸爸一直待在家里，身体又不怎么好，他在学校的生活费全靠奶奶做豆腐供给。走着走着，他伸出手，朝上一指：“大哥，这就是牌坊……”我走进这个学生的家，屋子里，大多是生产豆腐的工具，老奶奶正在包豆腐准备上街。我没有耽误她过多的时间，帮她背上豆腐往街上走。行走中，我从老奶奶的嘴里了解到河口豆腐的特点，知道晚清时代一位二品大员吃过这里的豆腐。老奶奶告诉我："既要当婊子，又想立牌坊绝对不行；心存坏心的人，牌坊立不起，一立就会倒下。"这里的牌坊，已有几百年的历史，是清朝时候奉圣旨给处士长永开之妻章氏所立，呈三拱门样式，上面的词模糊不清，风霜雨雪几乎洗尽。古代的女人，拥有这样一座代表所有女德的牌坊，完全是对她一生功德的充分肯定。

河口的豆腐，为何这么有名？那是因为晚上推、早上卖的缘故，这样生产出来的豆腐，才能保持它的鲜嫩。做豆腐的时候，纯靠石磨一圈又一圈地磨出。他们先将黄豆用水泡到发胀，然后，用石磨磨出豆汁。磨出豆汁以后，把豆汁一瓢一瓢地装入"沥豆浆"的口袋，像挤牛奶一样，一点一点地挤出豆浆，直到剩下豆渣为止。再后，将锅里的豆浆舀到托盆里。之后，点豆腐，点的时候用的是石膏。石膏是点化豆浆成豆腐的关键。石膏重，豆腐花，压不出多少豆腐；石膏轻，豆腐软，豆腐不容易成块。豆腐是不是成块，筷子是检验豆腐的唯一标准。一根筷子插进豆腐中，筷子倒了，说明豆腐不成；筷子直立，证明豆腐结实。等豆腐降温之后，把它们装入事先准备好的包袱里，用大石头压上一夜，豆腐水一滴一滴地落下，直到次日早晨不再滴水，好吃的豆腐就这样诞生了。

豆腐的制作，主要来源于黄豆。一粒粒的黄豆由此得到升华。一些并不饱满的黄豆，也能榨出嫩滑的豆腐。豆腐的榨出，意味着人生也像做豆腐一样，需经过一番拼搏才能获得成功的价值。这里的豆腐，离不开这里水的滋润。人、动物、大自然的一切与水关系密切。这里的水，从荒无人烟的山沟里钻出，尽管一路颠簸，但它们还是以喜悦的心情跳进农家的水缸里。这里的水，清清凉凉的，尤其在六月，这里的水如冰水一样，人们把豆腐放在出水的洞边，如放入冰箱一样，一点儿也不会变坏。山沟里的水，汇集到大河里，你随时都可以用手捧着喝。这河里的水，毫不逊色于九寨沟水的蓝。河两边经吊脚楼和柳树的装饰，活像一幅美丽的山水画！最妙的，是这里下点小雨、落点小雪呢！雨，一落在河面上，河面就会显现出一些小酒窝来；雪花一飘，房屋上、山上、大树小树上都披上了如同这豆腐的颜色。这时的景致，令人产生无尽的遐想！

河口的豆腐，具有浓厚的豆制品味道，绵、香醇、嫩中不老、老中含嫩，炖而香软，煎而不碎，显白而不漂、嚼而不噎。豆腐的口感，无论是煎、炒、熘、烤、涮，你都不会嫌弃它。它，清淡如一、苦中含香、白净濡润，而且有降血压、降血脂的作用。当你遇上这里的豆腐，垂涎三尺的感觉立马产生。

这里人卖东西，不像其他地方人做买卖，喉咙几乎喊破，耳朵都快震聋。他们卖豆腐的态度相当明朗，不讨价还价，愿买就买，不买也不在乎。豆腐摆在固定的摊位上，他们这里聊聊，那里谈谈，不知不觉，豆腐就卖空了。

近年来，去河口吃豆腐的人越来越多，他们也想趁机看看那里的美女。说起来，你可能不太相信，这里的山路上和一些房屋门口，随时都可领略到美女的风采。她们给你的，绝对是眼前一亮的感觉，看起来，各个顺眼，看了一眼，还想看！

刘家坪的饺子

刘家坪的饺子，好吃！

为了去吃刘家坪的饺子，我专门去了一趟刘家坪。刘家坪属于湖南省桑植县。刘家坪是红二方面军长征出发地。

这注定是一次历史的碰撞。

说起饺子的历史，源远流长。三国时期，魏人张辑所著《广雅》一书中就有涉及，另一说是由南北朝的“偃月形混沌”，北宋时期的“细料馉饳儿”和南宋时期的“燥肉双下角子”发展而来，也说饺子是中国东汉医圣张仲景发明的。不管怎么说，反正饺子是中国人的首创，是中国人逢年过节必吃的美食。

刘家坪的老饺子店在刘家坪的街上。一条街，像一根长长的竹篾，把街的两端紧紧地穿了起来。街边，一幢陈旧的砖房顶上，立着一块木制的广告牌，字有巴掌大小，赫然写着“刘家坪老饺子店”。

我进店，一个戴眼镜的男人正忙收钱，我一眼就认定他是这个店的老板。店老板，刘姓。刘家坪姓刘的是大姓。他，留有几根胡须，见我，微微一笑。他是长征村的。长征村也在街上。我吆喝一声：“老板，来碗饺子！”

老板招呼我坐，又忙去收他的钱。我坐在店里的一个小角落里。这店，座无虚席。一条长凳，正常是坐两人，可它挤坐四人。来这店里吃饺子的人，有的背着背篓，有的抱着小孩，有的拄着拐杖，有的提着公文包……而今，刘家坪的饺子店已延伸到桑植县城、张家界、龙山等地，生意也是如火如荼。刘家坪的饺子，本乡的大人小孩都爱吃，邻乡镇的，还有其他区县乃至长沙、外省的好多人，都到这里吃过，尤其是外出打工的人，一带就是几百个上千个，带了一次又一次。外地人吃过之后都说“好棒！”，用咱们桑植的话说就是“好逮”！

我想与老板交谈交谈，可他忙得连擦汗的时间都没有。这里没有现代化的收银台，只见顾客给钱，老板把钱放在一个油黑黑的纸盒子里。纸盒摆在桌子上，没上锁，扫一眼过去，便可见纸盒里满满沓沓，是一些一百、五十、二十的人民币。他收钱，需找零，就让顾客自己拿一块、五块、十块的零钱。趁着空当，我们聊起来。他说，他主要是负责做饺子皮、剁肉馅、包饺子……

老板跟我说，做饺子，材料搭配，要合理，主次分明。只有这样，才能吃出有层次的口感。我见他把一盆的肉和少量的辣椒切细，又一个个地把饺子包出来。包出的饺子，肥硕结实。捏边时，像做艺术品一样，捏得精致漂亮，像女孩子的百褶裙。我诧异，作为一个山里的大老爷们，手法却是如此精巧。

他跟我说，饺子店的门一年四季敞开。春节期间，关门三天，店门都只差被那些想吃饺子的人敲破。

凡到这店里来的，无论是当官的发财的还是老百姓，本地的外地的，男的女的，老的少的，他一样热情，一样的价格。先来后到，自觉排队，这是店里的规矩。虽我看着身边的人吃饺子，闻着香味，忍不住默默地吞咽口水，却也只好耐心地等着，伸长脑袋盼着自己的那碗饺子快点到面前。我明白等待也是一种境界。

我等了十余分钟，饺子递上来，热气腾腾。

服务员说：“吃吧，久等了，不好意思！”尝上这饺，它真是表里如一，要皮有皮——皮不厚也不薄，要肉有肉——肉是精肉。肉中，裹着辣椒、葱蒜等。吃之前，滴上几滴山胡椒油，味道更好，吃起来，有说不出的舒服。吃完碗中饺，莫忘碗中汤，那汤跟芭茅溪的“神仙汤”一样好喝。

听老板说，前不久，高山上下来一个大美女，一餐吃上四十个，有个老红军一次吃了五十个……店中帮忙的，看出我的怀疑，马上插嘴：“那就是真的，吃完，还喊了两瓶水！”一位正吃得津津有味的白族姑娘放下勺子，甩出一首桑植民歌：马桑树儿搭灯台（哟嗬），写封的书信与（也）姐带（哟），郎去当兵姐（也）在家（呀），我三五两年不得来（哟），你个儿移花别（也）处栽（哟）……唱完，店里欢腾，掌声不断，大家洋溢着开心的笑容！那种感觉，谁也不会说在店中仅仅就是吃了一顿饺子呢！

蹇家坡的桃

“买桃啊，蹇家坡的桃，不甜不要钱!”在桑植，一些水果摊边，常听到这样的叫卖声。

蹇家坡的桃，名叫圣桃。桃就是桃，还在“桃”前加一个“圣”字，另一番味道，肯定渗在里头。圣桃，又名中华红雪桃。它，优于世界闻名的美国费城桃。它是从众多的冬桃芽中，择出的优良品种。圣桃的种植，遍及全国。桑植的蹇家坡，也产这样好看好吃的桃。一些买桃的，生怕买错，索性喊成“蹇家坡的桃”。

“一方山水养一方桃。”蹇家坡，姓蹇的不多，但这里的山坡多如牛毛。一出门，脚板就与山坡打起交道，当地政府的门口，一条延至国家级森林保护区八大公山的水泥路，少见的平坦。一些房屋，歪歪斜斜地站在山坡上。五谷杂粮的生活条件更不用说。这里的山，绵延起伏，沉稳，刚强奇伟；这里的水，在山的腰杆上、肩膀上、头顶上，像上满链条的闹钟一样，从没忘记缓缓地走动。它，是地地道道的源头水。圣桃，落户这里，是最佳的选择。它，带着满怀的喜悦，从北京吉业种植公司款款走来，住上这海拔近千米的高处，如鱼儿喜欢水一样，即使风吹日晒雨淋也不怕，生活有滋有味。它的芽，发在这里；花，开在这里；爱，投在这里；果，结在这里。

圣桃的种子，一旦沉睡在寂寞的泥土里，不做声，不请示，不汇报，只是一个劲地默默地孕育自己。芽，渐渐地，钻出地面。叶片，哪一片大，哪一片小，哪一片颜色深，哪一片颜色浅，看起来，似乎好熟悉。人们凝视那嫩嫩的叶片，立即涌出的，不仅仅是慰藉，还有真诚的希望。这时候，谁见了，都好想伸手摸它一把，但又生怕碰坏它躯体的任何部分！

桃花开了。一树树的桃花，喜得像半空中的瀑布撞到石头，尽情地绽放动人的光彩。桃花的盛开，胆子够大，它冒着春寒而开，像一个小喇叭："喂，喂喂，春天来了！"山坡上的桃花，像铺上红色地毯，弄得人们眼花，也观得人心缭乱。这时候，桃花源，你得去，可领略陶渊明笔下的《桃花源记》；去蹇家坡，机会也不要错过，世外桃源的风景早已为你准备。当你来到蹇家坡，你会情不自禁地唱起"在那桃花盛开的地方……"会想起崔护的"去年今日此门中，人面桃花相映红。人面不知何处去，桃花依旧笑春风"的那首名诗。这时候，桃林里，穿花裙的美女融入花中，慢慢地拉拢桃枝，细细地闻着桃花，惹得桃花笑容可掬，美女的脸，也映得更加诱人，真有点弄不清哪是桃花，哪是美女呢。鬼点子怪多的蜜蜂，见桃花开，老远嗡嗡地飞来，舔着桃花，亲着桃花，吻着桃花……桃花一点儿也不拒绝，认为自己没有蜜蜂拥抱，花仍是花。因此，它们情投意合，无话不说。蜂为花而狂，花为蜂而醉！

"只恐一夜花睡去……"似乎一夜之间，这花影无踪。桃花哪去了？枝条上，空空的；地面上，空空的。它们是否像一群流动的表演者，给人们惊喜之后而纷纷退场了呢？

没有，树上挂上了桃。"走啊，包桃子去啊！"一些村民喊上喊下。话还没落音，锄头扛上肩，背上背篓。山路上，挤满人群，也挤满欢声笑语。天是那么蓝，云是那样白，风温柔得像海绵一样。走进桃林里，一个个小桃，悠闲地闭着眼，依偎在绿叶的怀抱间睡觉打鼾。他们拍醒小桃，握着，如握住自己粗糙而温暖的手。之后，又取出纸袋，小心翼翼地包起来，对于那些体弱的，给予特殊的照顾，准备好牢固的“拐杖”。一会儿，桃林里，挂满“电灯泡”。躲在袋中的小桃，忍不住，差点儿笑出声来。

桃熟了。美丽的它，自然的美。它们不用化妆，人见人爱。它们的外貌，不像香蕉托出所有的黄，不像核桃露出一身的黑，更不像葡萄一红就红得无法控制。它，喜欢白里透红，美如少女羞涩的脸蛋。成熟的桃，不仅表面是红的，而且里面也藏有丝丝的红。只有红心的桃核，才能长出红色的桃子。一个个一斤多重的桃子，你轻轻一掰，肉、核分离。在桃的世界里，常会忘记一些食物的存在。一些熟透的桃子，你摸起来，软软的，连表面的绒毛都不容易被发现。你一口咬下去，黄瓜般的脆、淡淡的甜、澄澈的香都有了，酥遍全身的感觉马上出来了！

|第二辑|

行走中的风景

张家界的眼睛

扑进宝峰湖，像无意中融入一幅巨画。山腰，冲下百丈的瀑布，撩拨你的心弦，你会在心底涌起一阵新奇、刺激、颤抖与野性的惊喜！这个湖，非同一般的湖，随便圈个地方，或山脚，或田野，或河畔，就成了归宿，她挺讲究静谧，爱躺在这神秘的山的心脏里。

山脚的斜路边，整齐地摆放着一排排土家竹轿。你坐上去，眨眼的工夫，就看到了湖；如果你想漫步，感受、体验山路弯曲的悠闲，走上七八分钟，心中渴望的湖，也就呈现在你的眼前了。

见到她，不像遇到大海，立即吼起来，而像封住嘴巴，眼光拉直，默默地享受着片片鱼鳞似的蓝色湖面，感受阳光与湖面制成的道道闪烁。品着品着，你会露出会心的笑。湖，因你的笑，点缀自己的蓝。

这个湖，叫宝峰湖。她，直爽、随和。人们给她取上外号，叫她"人间瑶池"。她的外号，是用中、英文字母深深地雕刻在光滑的石头上。她，像一个美女没找到合适的男友，一直不嫁。尽管周边缺大湖，无小湖，她也从不叹息，一辈子一个故乡。她觉得离开这里，对不起魁伟的父亲天子山，对不住尊贵的母亲天门山，舍不得黄龙洞、御笔峰、将军岩、天下第一桥等从没红过脸的兄弟姐妹。湖边，小船泊在那里，诚心期待你的到来。船行时，像在一面玻璃上滑行。湖面，漾起道道波纹，把手伸入水中，伴着指尖，轻触，透心的凉。远山如烟，近山如簪。深林里，猴子嬉戏，松鼠赛跑，野兔追逐，鸳鸯自鸣。抬眼望山，金龟、照镜的猪八戒、贪吃的含月金蟾、露出白肚皮的燕子都在领略湖的明静。在细细观赏中，土家阿妹为你唱歌，唱原汁原味的土家山歌。

春天，漫山遍野的花，抢着绽放。它们开在山坡，亮于岩崖，生命与湖交融。淡蓝、粉红、雪白、深紫，尤其火样的映山红，顶满枝头，映红你的脸，愉悦你的心；夏天，湖面泛起层层薄雾，爽你的眼；秋天，陪你的是凉爽；冬天，湖口堆满雪。雪花横飞，一片又一片，三角形的，六边形的，凑近鼻子闻，清清新新。你踩在雪上，如踏在春天。无论你哪个季节来，哪天来，何时来，她都以深邃的蓝，尽你饱尝。她蓝似海洋，比海洋纯净；她蓝如天空，胜天空深沉！

她，名闻天下。她，不像小溪，嘀咕不叠；也不像河流，喝雨吞雾；更不像大海，猛风一吹，狂哮不已。她，永远宁静、神秘与自然！

啊，宝峰湖，张家界的眼睛！

张家界看“海”

在海浪扑打的湿漉漉的沙滩上，眺望一望无际的蓝天碧海，我感受到大海的波澜壮阔，也深刻体会到“海纳百川”的宏伟。而这一次，我又领略到张家界“海”不同的魅力。

（一）

领悟山的美丽，品尝绿的春意，最好不要放过张家界武陵源的文庄。

文庄的山，虽不具备天子山那般柱石成林、峰谷成海，但也少有其他地方山的普通。

它，不是怪怪的瘦。这里，裸露的石头，少见，而满山隆起的乳峰却星罗棋布，独具景象！看上去，你绝对会发现惊诧心灵的美。一团团的云雾、一缕缕的青烟、一片片的彩绿，包裹这里的山。山，包成翡翠；山，裹成碧玉，犹如一幅巧夺天工的画卷！

这里的绿，原生态，由种类繁多的草木汇集而成。竞相生长的它们却相安无事、悄无声息。长在这里的树木，一辈子生活富足，尽享万物生长的绿与山的美丽。山，不嫌弃它；地，不冷漠它；雨水，长年累月滋润它。空气、山泉都被漫山遍野的绿过滤，土壤堆积厚厚的落叶松软肥沃，成为草木生物的天然粮仓。绿，没有孤独与寂寞，正如庄子所说“独与天地精神往来”。它将生命与宇宙的空间心灵畅谈，已达到完美的境界。它们白天向着阳光微笑，晚上靠着虫鸟睡觉。一天天，一年年，凭顽强的生命力，它们想长多粗就长多粗，想长多高就长多高，不停地往缝隙、空间处延伸。伸，像义务，也当权利，让文庄成为永久绿的海洋。当然，在它们当中，也追求苗条，细得像藤条。无论苗条与丰腴，它们对叶片编织繁茂却从不吝啬。透过慢镜头，你就会发现，它们简直就是一支支由青少年组成的前赴后继的绿色大军，脚趾拼命地往泥土里钻。一深钻，山里的绿也愈加浓郁。

山坡上，铺着绿；田坎边，栽着绿；沟渠边，流着绿。文庄的绿，无处不在，连风看见以后，也会像野兔一样在山里蹿来蹿去。它一声嘶吼，或一阵狂欢，那绿如听到口令一般立即排好队，准备荡漾。一波荡去，一波漾来，如撩起美女们翩翩起舞的裙，令人浮想联翩！你心中有绿，绿心中也有你！

当我快要离开文庄的时候，突然发现一个盲老头坐在柳树下乘凉，吹着笛。我好奇地走近他，轻拍他的肩膀："天，这么晚了，您老还不回家？"他说："看不够呀，我还要欣赏夕阳下的绿呢！"虽我不晓得绿长成啥样，但，我能摸到绿温柔的面孔，闻到绿散发出的缕缕清香！

（二）

当你步入幽雅的文庄，也就等于扑进歌的海洋。

这里的歌，唱给你听，一律免费，不需门票。

这里的人，爱唱歌，无论男女老少。你与他们聊，聊啊聊，哪怕只停顿几秒，歌会从他们的嗓子里往外跳；你同他们一起走路，走啊走，歌会在你耳边悠扬。他们的担子，往肩上一扛，扛出歌；鞭子往牛屁股上一抽，抽出歌；锄头往肩上一搁，搁出歌；书包往肩上一背，背出歌；妙龄男女的手一牵，牵出歌："深情的秋波啊，一位姑娘在遥望；

靓影倒映啊，神韵载遐想；日月的轮回，融入深邃的梦乡……”

村里，还有群小姑娘。她们穿着民族服装，能唱，能跳，还能弹奏，一看就是训练有素，像是村庄专门为远来的客人准备。哪怕刮风下雨，她们都是神清气爽，为你端上热气腾腾的绿茶，递上香甜柔软的糍粑，欢快地为你歌唱：“马桑树儿搭灯台哟，写封书信与郎带哟，你一年不来我一年等哟，你两年不来我两年挨哟，春天不到花不开哟……”

这里的歌，一唱出来，如小溪水一样透明，像大海一样激情豪放。阳光见到，突放光芒；桃子听到，醉红脸庞；杜鹃闻到，心花怒放；远道而来的鸦雀听到，开始半年来这里一回，后来改为一月一访。为欣赏这里的歌，它们索性在树枝上为自己搭建了挺有个性的“天堂”。你听上这歌，即使山里再美的景致、女人再漂亮的容颜都会失去诱惑。因为，山里的歌声，早已挤满你的心房。

听！一曲悠扬的歌声已唱响：“圆润青春的曲线，绵绵的情意流淌；坚贞茫茫放眼，漂亮点缀文庄……”

听！天刚蒙蒙亮，不知从哪传来一声公鸡啼鸣。接着，整个山庄错落有致地拉开新一天的合唱。

文庄的绿海，伴随绿海而生长的山歌和鸟语鸡鸣，令人神往。

（三）

绿，在休闲的时候，也喜欢到处散步。它选择山涧湖泊，既未经任何许可，也不给谁商量，纵身一跃，闪进湖中，感悟湖的宁静。阳光下，湖水见上绿，如见久别重逢的恋人，忘情地拥抱，绿藏在平静的水中，令你弄不清到底是湖水由树木染绿，还是树木被湖水浸绿？你越凝视、越琢磨，望着一湖青山绿水就越发晕。湖边，一对对正在戏耍的野鸭子，见到这亮丽的景色，猛地扎进湖底，好一会儿才又冒出水面。一会儿，又双双划动脚掌，快速地向远处游去，身后留下利剑般的波纹，刺破满湖的绿！突然间，它们拍打着翅膀，飞起来，是那样的欢快，那样的自在……这时，天脚边，由白变绿，由蓝变绿，由红变绿。一会儿，绿塞满天空。

与文庄的绿海一样，文庄的水、文庄的路和文庄的房子，也是要拜访的好朋友。

这里的路，原来小得连蚂蚁也不愿走，泥巴欺负它，茅草挤占它，石头压着它。路，几乎无一点儿自由的空间。当遇上一阵大雨，路比泥鳅还滑。人走在上面，如走在钢索上一样害怕。无事的蛇，喜欢挺着丑得要死的肚子在路上困觉、打鼾，稍不小心，它的头一抬，行人的腿就被缠，或被它咬上一口。

而今，原来的泥巴路像雾气一样蒸发，换上的是一条条宽阔的硬化道路。山路，挑起整个村庄，一头连着百姓的命运，一头连着理想的追求。如玉带环抱绿色，环绕村庄。

牛，上了这路，好不自在，摇着铃铛；城里的车，也随主人一起，又蹦又跳地来到山里，尽享绿海、歌海和田园之乐。路在脚下延伸，幸福在百姓心中延伸。

这路，之所以蜿蜒漂亮，是因为喝上省环保厅的“奶”而成长。

文庄人走出去，外面人走进来。走啊走，走出一片新天地：文庄的房屋，一栋连一栋，红瓦白墙！

这些房屋，看上去，像画，更像一颗颗宝石镶嵌在绿海上。百姓喜上眉梢，逢人便说要感谢各级政府，感谢省环保厅。是的，省环保厅和交通部门等单位同志一来这里，一住十天半月，有的一待就是几年。住百姓家，吃农家饭。因为，他们的朋友和亲人生活在文庄。

走近一家刚贴上婚联的房屋，我与一位脸上透出红润的年轻女士打招呼。我正准备找个地方洗洗手，她马上走过来，带我走到水龙头边，笑呵呵地拧开水龙头。一拧，自来水也“咕咕咕”地笑起来。我惊讶道：“嘿，自来水！从哪儿来？”她说：“好远呢！”

说完，陪我走到盛开鲜花的窗边，指着对面的一口大水池，说：“就靠它！”

大水池里的水，似乎在我的血脉里缓缓流动。哦！我明白了，池里的水，是从遥远的山那边翻过来的；我更明白了，这水池不仅蓄满清澈洁净的水，还储满了山外人如海一般的深情！

一个人的凤凰

并非天空的湛蓝吸引了我，而是悬挂在湖南吉首市火车站的一行大字冲撞我的眼球："凤凰，为了你，这座古城已等待千年！"

"中国有两个最美的小城，第一个是湖南的凤凰……"当我一挤上去凤凰的车，马上就想起了新西兰作家路易·艾黎的这句感叹。

在炎热的夏天，我直奔凤凰。一路的阳光不时填满我的胸怀；一路世外桃源的景象，不时滋润我的心田。山涧里，忽而是扑面的热浪，忽而是溪沟的清凉，忽而是稻田的清香，忽而是树林的幽香，忽而又是村庄散发出来的缕缕馨香！

美丽的沱江

夜色中，我来到神话般的湘西古城凤凰。凤凰，传说是非梧桐不栖的鸟。此鸟系百鸟之王，羽毛美丽，雄的叫凤，雌的叫凰，凤凰常用来象征祥瑞。眼前这座古城，以凤凰为名，令人遐思。

清晨，我们也步到此地登高望远，凤凰古城一览无余：只见山城白雾一片，如一幅巨型水墨画，深邃而悠远；穿城而过的沱江，流淌不息，使古城倍增灵气。待至夜幕降临，水波映衬着两岸古城的灯火，如凤凰起舞一般五彩斑斓，人流如织，笙歌不断！

古人称蛇为"沱"。沱江，是凤凰县境内最大的河流。

这条河，弯弯曲曲，银蛇一般舞动，蜿蜒在连绵起伏的山间和古朴的吊脚楼下。此沱江因田氏祖先根据《诗经》“江有沱，之子归”“其啸也歌”而命名。沱江的水，碧绿而清澈，晶莹剔透，像冰种宝石，令我恨不得抓上一把带它回家。这条河，因沈从文的《边城》享誉文坛、闻名世界之后，裹着山城的古韵，升腾灵动的仙气，不断地从方块汉字溢流，汇入世界的人文之河。

早在商周时期，就有人类在古老而静谧的沱江活动。千百年来，沱江见证着人间的沧桑与纷繁。我踏着前人的足迹，沿着清一色的石板路前行，一排排柳树，似乎诉说着那一段段已经远去的前尘往事、刀光剑影，诉说着那一段段已经刻入岁月深处的生离死别、儿女情长……

河水缓缓流向夜的深处。这时，古城外的层层山峦，黑得简直可以用刀子一块块地割下，但，近处河面闪烁出的五彩金鳞，其光亮却胜似白天。

慢悠悠，荡悠悠。我一直往前走。这时，熟悉而动听的女声民歌，不知从哪飘将出来：“郎在高山咯打一望咯喂，姐在哟河里哟情那妹妹哟一哟，洗衣裳咯喂，洗衣棒棒哟捶得响咯喂，郎喊哟……”这歌声，穿透时空，飘荡在古城瓦舍之间。

我坐在江边，左顾，右盼，寻找歌声的来源。

哦！是江的对面，它们从对面鳞次栉比的吊脚楼里飞了出来。听到这歌声，来自天南地北的游客再次沉醉。这歌声，一会儿奔放，一会儿轻柔，一会儿远，一会儿近，好像长了翅膀，在沱江的上空盘旋、回荡。

在这时，我虽不见歌者，也不见舞者，但，我领略到纯朴、柔情和豪放，领略到人世间情谊为怎样，领略到什么叫作民间天籁！我不由自主地转身，跟随不远处哗啦啦的一声，发现坐在我旁边的竟是一位如此靓丽的姑娘。她居然情不自禁地甩开男友的臂膀，赤脚跨入水中，踩上沱江的碧绿，踩上歌声中的激情飞扬，踩上自己久久的梦想，手舞足蹈起来，“沱江，你太美了，我真的好想嫁给你！”一问，她来自遥远的北方。

虹　桥

午夜的街道上，已没有白天那样的喧闹和熙熙攘攘，从石板上发出的“嚓嚓嚓”的脚步声，仍有三三两两。鸟还没有鸣，鸡还没有啼，窗外的天色，却依旧被灯火照得透亮。彻夜难眠，我辗转反侧，一种莫名的兴奋催我起床。于是，走下楼，渐渐地，连走带跑，我来到了横跨在沱江之上的虹桥旁。

在桥边，映入眼帘的是一副“今宵皓月，谁在回龙潭上，华灯楼船，彩影荡漾，弦歌映山山映水；照眼春阳，廊桥正午时分，醉客雅旅，游侠高僧，靓景如梦梦如诗”的对联。这对联，是著名画家黄永玉的佳作。黄永玉的家，是一幢夹在吊脚楼中的小楼，在虹桥的西南侧。

这桥，始建于明洪武初年。

我步近虹桥，立即被它的恢宏雅致、古色古香吸引。虽然，这桥已经修缮一新，但，我还是默默地追思遐想：岁月的流逝，近百年的战乱与历史的变迁，当年的虹桥早已满面沧桑。这桥，不知有多少人从这里走过去，又有多少人从另一端走过来。以往，是文人墨客、普通百姓从这古桥走出去，而今，多数则是潮涌般的游客走了进来。这不，天还没大亮，桥上，人却挤得连脚板都无处安放。

眼前，多间木板门面，销售着手鼓等民间工艺品，也有书店和卖杂货的。我一头撞进一家“边城书店”。这里，人太多了，我的腿，几乎站麻，却不见书为何样。我想离开，但，又不甘心这么远跑来连个书店都不逛。平常独自一人出远门，书店就是自己最喜欢的地方。忽然间，眼一亮，我看到了书架上不同版本的《边城》。

我如饥似渴，匆匆地翻阅一本又一本的书，最后选定的，还是旧版本的《边城》。其文字，我不说，因为，我几乎能够背诵。但，见着这版本里有趣的素描，油然生起一种欲望。这欲望，就是带上它，正如自己来的时候携上一份好的心情。我给穿着苗家服饰操着本地口音的女店主付钱时，店主似乎看出我的心思，随手拿出印章就盖。一盖，接连盖上好几个，连同她的那份真诚和希望也给盖上。

接着，随着一群人，我走上虹桥的二楼。二楼上，有许多民间珍稀的工艺品，如苗家的木椅、巨型的烟袋、古代当代书画家关于凤凰内容的珍迹。虽然，明知是复制品，但，不失其任何内涵。在这楼上，我还目睹到江上人们坐小船别有的韵味，欣赏到万名塔……

江面，波光粼粼，渔舟摇曳而过，掀起层层涟漪，令人心醉，好一幅风景画！

沈从文墓地

在凤凰古城，我见到最多的，可能要算一排排新旧交替、矗立在江边的吊脚楼，一条条写满传奇故事的街道和江边充满神奇的石板路。吊脚楼，知道距离才是美，让柱子隔开楼体，深深插入江水之中，柱子仍挺立不折，尽管历经岁月的冲刷；石板路，像经典美文一样，经得起时间与空间的检验，尽管经历无数人的踩踏，却越磨越有活力。

沿着沱江，我走上青石板，穿行一道古朴而幽深的老街，不时得侧侧身，让一些不大不小的人力车经过。步行一段路，再上一条曲幽小径，便到沈从文墓地。

这地方，绿荫一片，山泉深深，清新、芬芳。沿着芬芳走去，忽见一块刺刀样的大石头上刻着“一个士兵不是战死沙场，便是回到故乡”的字样。这句话，让我立即想起沈从文先生的生前苦难。再上几个石板，一块石碑上，就有沈从文夫人张兆和关于沈从文的文字。我站在那里，一字一句地默读。那些文字，让我看到了沈从文年轻时的帅气知性，看到了他年长时硬朗儒雅的性格。看着，读着，想着，我被沈从文的身世所感动。

右移几步，几个小朋友手捧鲜花犹豫地走近我：“大哥，买束花吧，送给沈爷爷；沈爷爷好寂寞的。”他们的声音，低得几乎听不清。我不假思索，接过花，我的眼，又一次流出伤心的泪水：“这哪里是墓碑啊！而今，农村许多坟墓占田占地。你，沈从文，一个享誉盛名的大文人，墓碑却如此朴素。”为沈从文为人的谦卑与精神的高大，我弓下腰献花。

起身抚摩墓碑，我想起这位老先生的骨灰，有一部分安放在这块彩色玛瑙石下的土中，一部分撒在他家乡河的沱江之中。我想，他的灵魂，守护着延绵不息的沱江，传承着质朴无华的民族风尚。我仔细地看着碑铭：“照我思索，能理解我；照我思索，可认识人”，认真地默读碑后雕刻的挽联：“不折不从，星斗其文，亦慈亦让，赤子其人。”其挽联，匠心独具，每句最末一字连起来竖读，则是：“从文让人。”这，折射出沈从文先生的平凡与伟大！

下山时，我的脚步变得沉重，嘴巴，也似哑巴语塞，只有心绪在努力地翻滚。

凤凰，来到这里的人们，怎能不浮想，怎能不敬仰？

林中小木屋

林中的小木屋，它像一颗钉子，死死地钉在我的记忆中，铁轨一样长。

想去看林中的小木屋，缘于一位诗人的启迪。这位诗人在《湖南文学》上看过我的散文《团坪的早晨》以后，就一个长途电话拨来：“主席，团坪有乡村的哲学，你再往深处走一走，一定会看到一幢小木屋。它，诗意地生活在那里。我听人家说，外地人去了那里，不肯离开。”

诗人的话简练如诗。我冲着这诗，选择上一个晴准的周末，一个人去了那里。

那土路，老了，两边的草都挤上了路。行走中，不时会看到一些野花，但，我也欣慰不到哪里去。我拄一根木棍进山。听人说，去那个地方，必带这样的“武器”，因山里有蚂蟥和五步蛇。行走中的我，扎紧裤管，在木棍的试探下，蚂蟥的确在我腿上占了一些便宜，幸运的是它们一条都没活下来。蛇无影无踪。它，远离我，没有吻我，算是天的照应。

许久，小木屋出现在我的眼前。

大清早，鸡鸣犬吠，鸟声也出来了。山里的鸟，有的我还真叫不出它们的名字。它们在风中飞翔，从不留翅膀的痕迹。它们是冲着这儿的风水而来，从早到晚，叽叽喳喳地叫个不停，飞这飞那，飞高飞低，似乎没有一点儿疲倦。虽然我没看到鸟儿编写的优美词曲，但，聆听到了“您好，您好，您好啊”的有趣的谐音和韵味。

木屋上，冒出一缕缕的炊烟。山坳上，雾忽聚忽散。又矮又小的木屋，木柱支撑。屋上，顶着茅草，茅草上，又生茅草。这些茅草，不知繁殖多少代，子子孙孙和谐相处。屋中，有两张床，一大一小，一新一旧。但，干净，折叠整齐。一把椅子，依偎桌边，像是从未离开过。板壁上，布置着书画。他拉着我的手，说，“这些画，画的都是我们这里，乖；这些字，也是赞美的我们这儿，漂亮。画画的，一来这里，就是十天半月。”我像阅读小木屋一样，阅读着这些作品的朴素和单纯，感受着艺术作品在时间与空间中存在的价值。

这幢小木屋里，住他一人。他的老婆外出打工，秀目皓齿的妙龄女儿与娘在一起。老婆缠他出门，他死活不肯，说要照看这小木屋，说木屋是他的命根子。

赏完作品，他叫我坐，可他跑到屋后，摘来一脸盆李子叫我吃，我不吃。他说：“这李子，其貌不扬，但，好甜的。”我尝一个，真的脆而甜。这李子树，是他亲自栽种的，当年女儿生病想水果吃，家中没有，女儿还大哭一场。趁他做饭的时候，我转到那棵李子树下，在那石凳边坐了许久，发现李子树的果叶同色，出奇的绿，风梳着叶子哗哗作响，李子树上，挂有一块小木牌，上面写着：“谁能告诉我，哪个更圆，哪个更脆，哪个更甜?”在小木屋的周围，树木葱郁，静站那里，亭亭玉立，气质非凡，无论你从哪个角度去看都好看，看了之后还想看。这些树，不喜欢城市的生活，它们听说进城的树，安排在公路边，一天到晚，吃苦灰尘，听厌吵声，有的还用稻草捆绑自己的大腿和小腿，恨不得跑进城把它们喊回老家。因此，山里的树，不提进城的事，也不想进城。它们宁愿终身与小木屋为伴，死都要死在这大山里。

大山里的人，很少吃早餐，即使吃早餐，也要挨到上午的九十点钟。如想在早上搞点什么稀饭、馒头、包子和面条的事，甚是罕见。早餐即中餐，中餐即早餐。早晚都是正餐。中午的时候，他把饭做熟，喊我吃。毫不夸张地说，在城市里，是很难吃上这样的味道。吃的时候，蜜蜂不停地在屋子里转，“嗡嗡嗡”地飞叫。他家屋前屋后，大大小小的蜂桶几十只，全扑在屋檐下。一年下来，可取蜜糖几百斤。听着他的谈话，一只小鸟又飞进他家屋子。我问，您家来鸟了。他说，常事。他家的板壁，是由大小长短不一的木板围成，小鸟的进出大有空间。鸟，聪明，伶俐，趁他出门做工，飞进屋子，不停地啄炕架上的腊肉吃。他告诉我：“林深了，什么鸟都有，让它们啄一点也无所谓，反正我们吃不完。鸟不喜欢的话，也不会来我家。”

山里的月亮是个急性子，天还没有说起黑，它老早就从山那边翻过来挂在树梢上，仿佛踮脚就能摸到。月亮好像能辟邪，它一出来，这木屋边的阴森感觉一律消失。在这淡淡的月光下，鸡睡了，狗睡了，鸟睡了，山里的一切似乎都睡了，但，桂花的香味和溪水还醒着。我支起准备好的帐篷，在桂花树下过夜，享受林中小木屋般的生活待遇。一躺下，浅浅的水声，就开始寻找着我的耳朵。在月光的陪伴下，我循声漫步来到溪边。这里的景色，让我立马想起朱自清，和他的荷塘月色。在溪水边，我笑，水中的月亮也在笑。我的手，往水中一搅，月亮不见，一会儿，月亮又回到水中。我掬起一捧水，向空中一抛，水变成若干雨点散落下来。这时候，“雨点”似乎在问我：“你听见山中的静了吗？”

林中的小木屋，有味！

团坪的早晨

听人说，在高高天平山上，有一个叫团坪的地方，像世外桃源一样给人以美的感受。我沿着一条少有人走过的茅草路去那里。当我走进一大片幽暗幽暗的树林，树上的一只大鸟发出“噗噗噗”的令人惊骇的声音。我开始猜想：“它是否见到陌生人，不准过，因为前面的风景独好!”

走过这片林子，来到山坳上。突然亮出巴掌大一个口。它就是我要去欣赏的桑植县天平山的团坪。见上这景，我马上收住脚步。老远望去，天空如美丽的少女隔着一层面纱。星儿稀稀疏疏地缀在天空，给人以慰藉、给人以温情，属于乡村的月亮总舍不得离去。淡淡的雾，像条龙环绕着大山。雾天一色，神秘又诱人。

我的眼前出现一排排的木篱。它们密密麻麻地排栽在土地上，圈成一个椭圆。园子里，有厚朴树，叶片翠绿，悬挂在枝头上的有黄瓜、豆角，还有那些快成熟、正在绿中转黄的水果。爬在篱笆墙上的花藤，有惊无险。花儿，争奇斗艳；果实，竞相摇曳。那一派丰收的景象，谁看了都会眼馋。

经过一段木篱笆路，“小桥、流水、人家”，完全映入我的眼帘。这是谁用紫树铺成的小桥？这树，不知躺在这里多少年，但，它胜过有的生长在山里的树，朴实、轻盈的新叶和嫩枝仍旧绚烂地冒出来，散发清香，呈现淡绿，仿佛在它们心中还燃烧着股股激情。桥下，是蔚蓝蔚蓝的溪水。山倒影水里，如梦如幻。无水则失去山的秀美，无山则失去水的妩媚。我摘下一片绿叶，放在溪水上，这树叶什么话也没说，给我频频点头之后，孤独地流向远方。与它们相比，我并不觉得更寂寞。这时，一位白发苍苍的老奶奶光着脚板来到溪边打水。我问她："你家没自来水吗？"她说："这就是自来水，可以喝！"我喝上一口，真的好脆！好甜！！好爽！！！老奶奶见我一笑，忍不住也笑了："没骗你吧？"她接着说："走，到我家去吃早饭！"在帮她提水的行走中，我发现她家的墙壁上用石灰写有"欢迎回家过年！"醒目的大字，字写得很漂亮。与她谈话中，得知她的老伴去年去世，儿女都走出大山，一个宽敞的屋子里就住她一个人。"为什么不住儿女家？"我问她。她告诉我，他们接她去城里住。她呢，不肯。说在城里吵闹得很，米要买，菜要买，水要买，贵又贵，进屋还要脱鞋，她不习惯。她的话，让我想起荷尔德林的诗："人充满劳绩，但还诗意地安居于这块大地之上……"她一会儿跳进园子，一会儿跑到溪边。炊烟出，画面出。吃着她做的饭菜，如回到自己的老家。

吃过饭，我走进另一户人家。这一家，雷姓。这地方，也就住着这两户人家。两户人家相距也就是一条能跳得过的小溪而已。这家的屋子是瓦屋加茅棚组合而成。这屋子里，就住两位老人，他家的儿女都在外地。他家门前屋后摆满蜜桶，飞来飞去的蜜蜂忙得不亦乐乎。老爷爷见我来，连忙跑去园子里摘回水果给我吃。我边吃水果，边听他给我讲述一些往年的旧事以及未来的向往。这个老人，我很喜欢，他总是那么安静、自由而又幸福。他是我见过的最真诚最直爽最幽默的人。他的眼睛里总是流溢着满足。我喜欢在他的菜园里漫步，聆听他的故事，也让自己变得简单、淳朴。在他家的电视桌上，放有一本亨利·贝斯顿著的书——《遥远的房屋》，书的边角已磨成弧形。恬静、悠闲和深刻的图画，挂在他家的客厅；客厅里，还挂有一把陈旧的二胡和一支长长的、栗红色的竹笛。

太阳从一团雾气中升起。一会儿，圆润、红亮、饱满的光柱点亮了团坪，点亮了团坪的山峰，点亮了团坪的树木，也点亮了我们的笑脸。这时，山里的女人背个小包，手提镰刀，穿着残留黑漆斑点的裤子去给树木刷漆。她的背影渐渐地消失在木篱笆边的小路上。

我离开团坪的时候，风是香的，鸡蛋是香的，腊肉是香的，阳光是香的。这些香一直黏着我，送我很远很远。好一种干净的香啊！

刘家寺的水井

冬季的天空，略显落寞。天空少许云彩，但，没有风，那天给我的感受显得有些干冷。

如此的干冷，让我的嘴唇有些干裂起来。我忍不住用舌头一次又一次地舔着。这时的我，真想有一口清凉的水脱去这份难忍。

我去刘家寺，缘于一个人说那里有口长“耳朵”的水井。当我走进这村子，老远望去，草地上，已铺上一层淡淡的薄霜。站在草垛边的我，立马想起儿时在乡村水井边挑水的乐趣。井中水的凉爽，撩动我的心思。

刘家寺，在湖南省桑植县马合口白族乡。它是一个不大不小的村子。山坡上、平地里，人户凑起来不到千人。

当天的早晨，村子里的道路上一些挑担儿的，背背篓的，挎篮子的像赶集似的，呈现出一派丰收的景象。

行走中，我遇上一个老头，他拄着拐杖，问我：“你从哪里来，找谁？”我礼貌地回答：“听说这村里有口神秘的水井，我想去看一看。”

这老头微微一笑，说：“我带你去！”一路上，我们边走边聊，当走到一大片的玉米地边，停了下来，他用拐杖在薄霜上使劲地一点，跟我说：“这里是个宝啊！”我仔细地打量，东看西瞧，什么都没发现。他接着说：“水井就在这下面，掩藏起来了。”

我从老头子的口里得知，这水井，原看得见时，它呈四方形，井口较宽，井壁光滑，水井之深正如《荀子·荣辱》中说：“短绠不可以汲深井之泉”。这水井，已有几百年历史。它是听着村里人和外来人唱歌长大的。凡来这里的人，不唱歌，洞内的水不流，一唱歌，洞内的水犹如村子里的鸡叫声“咯咯咯”地流了出来，歌声大水量就大。洞中之水，取之不竭，用之不尽。曾喝过这井中水的人不少，当年贺龙骑马招兵路过这里，喝了这水；湖北、贵州、四川等地生意人经过这里，喝了这水；乡里村上的人来到这里，喝过这水。传说，在这水井边，只要一人唱歌，百人就有水喝。如果你不唱歌，即使你等上三年零六个月也得不到水喝。凡喝过这井里水的人，都说它的好话，说它心眼儿好，一视同仁，无论你从哪里何时来到这井边，只要你唱歌，唱桑植民歌，它都令你喝过水之后，舒心、快乐。

这水井，耐得住寂寞，它明白寂寞是福。它像大地上的眼睛一样，默默地静思着历史的沧桑岁月。它见证了村上每家每户的人和事，伴随人们度过无数的春夏秋冬。当年，人们带它欣赏过村子里的连升桥，背它去见过“初一敲一锤、十五还有声”的观音山寺庙里的大钟，携着它见过村里的花与树，它还顺着人们远眺的目光欣赏过村上的日月洞。凡村子里发生的大事小事都瞒不过它，因村上人给它烧过香，磕过头，作过揖。它不仅养育了一代又一代的刘家寺人，而且养育了不少的村外人。

刘家寺的水井，我来了，我已站在你的身边为你唱歌，估计洞内的水在不断地流，可我不晓得怎样才能喝得上您那清凉的水？

韩国况味

这一次，我们到韩国，真正感受到韩国的况味。

奇怪的百米坡

韩国的确给人不一般的感觉，我们去那里见到了奇怪的坡。

坐汽车，从民族村奔驰于龙头岩观风景，途经百米怪坡，导游小姐跟我们说，这地方的风恶，外面几层的楼房都被风扯得倾斜。我们往窗外斜视，果然名不虚传。可没等我们寻根盘底，导游小姐又滔滔不绝地讲起百米怪坡的事。她说前面有个怪坡，公路百米长，公路的两边有许多坟堆，那是鬼神的聚合地。这里的鬼神，昼夜不休地去怪坡上推着人和车，不少司机把车开到这儿，便熄油门儿，让车自行这段怪坡。她还说，这里高叫的乌鸦是正在催使鬼神行动。这时，我们的司机关了油门儿，可车子真的仍在行走。我们下车后，按照导游小姐说的在怪坡上倒退几十步，感觉像有人推我们一样，渐渐地、渐渐地，似乎飘了起来。

这时，怪坡两边挤满人，有的从小店里找来水平尺量怪坡的高低，有的找来喝空的啤酒瓶实验滚动，带相机的忙得不亦乐乎。面对这奇怪的现象，有的说是鬼神作怪，有的言是地球引力，有的讲是车子惯性……我们的车快要开了，最后一个上车的说："参照物起了很大的作用，那是视觉问题，我们看似上坡，实为下坡，这段公路的设计师设计奇巧！"导游小姐听后"哈哈"一笑，向他伸出大拇指，并说前面那些歪斜房屋也是同样的原理。

靓丽的首尔妹

去韩国前，许多人说，到韩国可欣赏那里的美女，结了婚的人，才发现自己结婚太早，我不以为然。到那儿后，真看到了美女的风景，尤其是在韩国首尔的新世纪一条街，美女如云，令人眼花缭乱。这里的女人，不喜欢拎包，穿着时尚，大都整了容。导游小姐告诉我们，说她们起来很早，要花一个多小时化妆，脸上至少要涂抹化妆品七八遍，学生一进大学就开始整容。当我们走去一条不怎么繁华的街道，悠闲地走，对面女人向我们走来。近了，我们发现这些年轻漂亮的女人，眼睛不是很大，却个个是双眼皮，雪肤花貌，白里透红。不过，我们在欣赏她们时是在有意无意间，眼珠的闪动是在似看不看之间，笑容是在似有似无之间，整个神态是在半憨不憨之间。

美丽的济州岛

济州岛在韩国是久看不厌的风景。到了这里，你可感受到生命的自由与美丽，你可产生无限的遐想，寻觅到海的梦，感受到一个自由的呼吸、自由生息的世界。岛里的水，碧绿碧绿。一些果子长在海里，不怕咸，不怕风，与风同乐，与潮同生。

走近沙滩，那不是沙滩，是银滩啊！银白色的世界，让你恍然大悟。世界还有如此纯洁的地域，你可以躺在沙滩上，远望宇宙，等待辽阔太空的梦境到来。沙滩下的涛声，进了绿色的海藻里，养殖的海面，浪花开放，暖风吹拂，网网相连，如船，如艇，如海堡，一湾银白，一湾碧绿，一湾人船的繁忙。天海一色，鲜花为伴。极目远眺，美好的前景，一页页地翻开，每一页都写着晴朗的明媚。

忧郁的望夫石

穿过茂密的枞林，我们嗅到清新的空气。这时，太阳亮晃晃的，海面也亮晃晃的，海天显得越发旷远。然而，就在这心旷神怡中，寂寞涌出来，是因为见到一尊泪流满石的望夫石。梁实秋说过，寂寞是一种清福，是片刻孤立的存在，是空灵悠逸的境界，正所谓“心远地自偏”是也。来到望夫石，那种难以言状的寂寞，我还是感受到了，导游小姐指着这尊望夫石介绍她的历史：她的丈夫有天清早外出打鱼，深夜未归。她一个人来到这海边，任海风拍打，她呼喊着丈夫的名字，终于感动天神，天神从遥远的地方把她丈夫的遗体运到她的面前。她见到后，泪流满面。而今，在她的脸上仍留着刀刻般的泪痕。

西界过把瘾

想过一把瘾，一把想看想吃想玩的瘾，选择登登湖南桑植的西界，绝对百分之百的正确！

一颗心，掏出来，交给西界，毫不吝啬地交出，回赠你的，完完全全是清新的感觉！

当你站在桑植城内，仰仰头，转个圈，最先映入眼帘的是起伏的群山。它们一个劲地拥抱这座小城。巍巍壮观的那一座，便是令你过把瘾的西界啊！

去西界，乘车从县城出发只需半个钟头。一路上，蜿蜒曲折，推开车窗，从山脚到山顶，温暖的空气和微凉的细风一直陪着你，美丽的桑植城尽收眼底。当你步入山顶，忍不住会高喊："好爽啊！"

一脚踩进西界，如踩到神仙住的地方！西界农庄，偌大的果园，大片大片浓浓的绿。那醉人的绿啊，一望无垠。望着它，无穷的遐想，马上蹦出来。园子里，没有栏杆，更无围墙，无论你从哪里进入，毫无阻挡，里面长满高高低低、大大小小的树，其中以梨树居多。满园的梨树，粗壮而结实。梨子愿爬上哪个枝头，就挂在哪个枝头，一个枝头也有挂上好几个的，甚至是一排排、一串串，沉甸甸的。即使枝头再细，枝的肩膀再嫩，它们也乐意挤在一块儿。枝条的付出，真诚而竭力，头就是压得几乎吻到寂寞的沙土，也一声不吭，仍一个劲地支撑，尽力让果子从幼稚走向成熟。到这里品梨，如品吐鲁番的葡萄，允许你吃个够。你选精的，挑壮的，找黄的，摘青的，拣大的，扳小的，老板毫不在乎。它，其貌不扬，但，尝起来，汁水汪汪，乐口消融。啃上去，一口还真的想咬上好几个呢！它，香如菊花，脆如枣子，甜如蜂蜜！

握着梨，边走边吃，边吃边看。沿着一条水泥路，缓行。穿过开满野花的草地，撞上明净的湖。它，如一块宝石镶在天地之间。这湖，由一些伸长脖子的芦苇和一些披着秀发的柳树围成。湖水的颜色，有时蓝，有时绿。它，深不见底。阳光逗它，星星惹它，小鸟也在湖边的树枝上鸣啭。小鸟听到你的脚步声，惊得从树林中扑扑地飞出。在湖边垂钓，一个人撑把伞安静地坐着，望着一平如镜的湖水，悠闲地放着钓丝，那是少有的惬意啊！你把食饵抛入湖面，湖面会点出朵朵的小水窝。这时的钓竿，会出现丝丝的颤抖。当你收拾起钓丝，慢慢地，慢慢地，一手又一手地往上拉，一条鱼就会发出“吆吆吆”的声音。它扭着身，在空中舞蹈起来！钓完鱼，沿路返回，走到宁静的树荫下坐一坐。这，阴的地方，一些厚朴树，露出修长的大腿，如模特一样尽情地展示多情的风姿。叶子，稠密地挨着，太阳像只兔子左蹿右跳。因此，树下凉爽无比。坐在下面，美女见你来，为你送来泡好的雪白的炒米、熟透的苞谷粑粑、烤出味道的黄澄澄的玉米棒子，更吸引你的要算这里的烤羊肉。山里喂有羊，你什么时候到这里都有羊肉吃，品尝不受时间的限制。到这里吃烤羊肉比草原上舒服。这里的烤羊肉正合胃口。烤羊肉的时候，先要给羊肉煨上花椒、辣椒、香油、料酒等作料，然后火烤，烤得焦黄，当羊肉发出“喳喳喳”的响声，美的香味冒了出来。边烤边吃，边吃边想。吃起来，自由自在，毫无拘束。吃的时候，一桌人，如饮上一点这里的苞谷烧酒，则另一番味道又出来了。一些腰肢凹凸有致的靓妹看你吃得开心，喝得尽兴，带上微笑走近你，唱起婉转而悠扬的桑植民歌：“高山高岭打一望，满山遍野是牛羊；宰只羊儿做烧烤，阿妹陪你在身旁；苞谷烧酒任你醉，醉了恋妹思情郎。”歌声一出，大山感动，也学唱起来。一会儿，漫山遍野飘荡的全是歌声。听着歌，啃着肉，喝着酒，优哉而乐哉啊！

这，应算到西界过足瘾了吧！

武陵源的夜

武陵源，不仅美在白天，更美在夜晚。

国内外知名的旅游胜地——张家界的武陵源！这里的山，这里的洞，这里的湖以及这里的一切好像都有磁性，时刻吸引人们的眼球与心灵，人们一次又一次地扑向这里，感受和领悟大自然的神奇与美丽！

你来到这里，不用携带任何礼物，只需揣个好心情，游入山的宁静，眼会由陌生而熟悉；心会由奇异而惊诧！但，在你细细地品尝中，不知不觉，会缠上一个字：累！累了，你不用担心，那是乐的开始。你从山上下来，露天按摩会笑盈盈地接待你。它，没有住在城市中心，但，距离中心的位置也不是很远。你沿着黄澄澄的一路灯光悠悠行走，花不了几分钟，拐几个弯，走到山脚边就是。这里，一些开饭馆的主人，天一黑，从屋子里，挪出一把把木沙发，整齐有序地摆放在自家门口。沙发上，雪白的短被匀称地铺着。沙发前，摆的是小方凳，挨着小方凳的是膝盖深的精致而光滑的小水桶。你到这里，如上天子山一样新鲜。漫步街边的河堤，给你的，又是一种新的享受。这时的夏夜，为了你来，老早等在门口。朦胧的月光，泻下来，风一拂，落入树叶，无数图案绘出来了，你把它想象成什么，它几乎就像什么。它，浸着你的身，润着你的心，舒服极了。夜的黑，让你想象；夜的静，给你幻想。你忘掉一切，但，嘴里仍哼着调儿："走啊走，莫回头……"在这河堤上，你只管走，顺脚得很。行走中，你可想起当年人们建堤时骑驴、赶骡、扛锹、挥锄的场面、气氛、情景。河堤上，空气清新，呼起来，吸起来，好舒服。风，摇动堤边的柳条，扇动流动的水面，抚摩美丽的小船，送你缕缕的清凉。这风，亲你，吻你，舔去堆积在你身上的汗腻，赠你一身的轻松与惬意。路边，一些知名和不知名的树，也成了使人联想起夜来的点缀。你往前走，它们往后移；你停，它们也停。一些探头探脑的花，经风过滤，泛出自然悠远的甜香。这时，蝉声出来了，热闹也跟着出来了。热闹是它们的，也是你的。蝉们在河边谈情说爱，嘶呀嘶呀嘶嘶呀……像有说不完道不尽的情话。如果你邀上好友来到这里，感受风的飘逸与温柔，绝对是百分之百的浪漫，手一牵，会牵出一辈子漏不掉的记忆！

兜完风，你不要急着溜进房间去睡觉，可邀上你的伙伴，走进“张家界·魅力湘西”大剧院看一看。湘西是魅力的，魅力属于湘西。“魅力湘西”四个苍劲有力的大字，是著名画家黄永玉的手笔。院内，建筑古朴而雄伟，大气而浑然，彰显着浓郁的湘西民族特色。那里，舞台灯光如诗如梦，原生态歌舞摇曳多姿……浓缩了土家族千年的历史，400多名演员以自然、纯朴的表演展示了土家文化的风采。在那里，听得到宋祖英歌唱的桑植民歌，遇得到白天在天子山、宝峰湖、黄龙洞碰上的佳景，看得到土家族赶尸伤心落泪的场景……那里，情意绵绵；那里，悲喜相加。它是一个人生的大舞台，是一个山水的大舞台，更是张家界本土的优秀教材。看完魅力湘西演出，紧接着气功表演在场外篝火边闪亮登场。气功师被压在上千斤重的石板下。石板上，挤站好几个肥胖的男人。那一刻，观众惊心动魄，提心吊胆，为气功师的命运吓出一身冷汗！许久，人们慢慢地抬开沉重的石板，气功师猛地站起来，轻拍尘土，旋转。场内，掌声一片。

夜，对于武陵源来说，是一个多么重要的字符啊！它，不仅给武陵源带来光明，还为武陵源增添了无穷的魅力！

八大公山的水

一次绝好的机会，让我又一次走进神奇而又美丽的八大公山。

八大公山是国家级原始森林保护区。八大公山，我去过好多次。每次进入那片碧翠的林海，都被望不到边的绿浪所震撼。然而，这次走进八大公山，吸引我的眼球和触动我的灵魂的则是这里的水。

刚到山脚，一同去的摄影朋友大路不走走小路，平路不走走弯路，稳稳当当的路不走却专门找冒险的路。他们左找右寻，上观下看，前探后索，钻到一处溪水发出叮咚响的地方止住脚步，迅速支开摄影架子，东摆摆，西摇摇，升升降降，降降升升，瞄准，再瞄准，拍摄起来。我看着他们拍摄，听着他们议论，便悄悄走到另一处，顺手抓上一根藤子，双脚往下伸，跳下高坎，领悟他们的选择，感受他们的投入，分享他们的喜悦。我好想让他们给自己拍上一张照片，编辑在自己的《张家界看“海”》散文集里，但，又不敢说出声来，生怕打扰他们，坏了他们的情致。许久，在他们停歇的间隙，我说：“可以给我拍上一张吗？”我的话得到他们的允诺。当我走到一块长满苔藓的石头上，一屁股坐下，他们大声喊道：“快，快站起来啊，不然，弄坏了！”当时，吓我一跳，好像没坐到什么，什么弄坏了？他们一本正经地对我说：“这地方，相当好，水好清净，又那样神情，水边的石头上也铺满绿毯，你一屁股坐下去，就不雅观了。”在他们一阵忙碌之后，我的形象还是挤进了他们的镜头。

车子停在公路边，时间不允许我们在这人间仙境久留。大家准备上山的时候，小杨一清点人数，发现少了一人，便立即安排几人分头去找，居然在拍摄照片的那个地方，发现一个摄影的还专注地蹲在溪水旁边拍摄！为了赶时间，我们强行将他拉上车。

到半山上，雾团团围住我们，舍不得让我们离开。车子停住，大家以为是山上下来的大车因错不开路而挡住我们，哪晓得是路边的瀑布美丽的身段吸引了我们的司机。看来，这厚重的大雾也是怕大家错失这道绝美的风景才如此地缠住我们。大山里，一滴滴的水，汇成瀑布招引我们，我们一步步地向它靠近。瀑布的声音，听得越来越清楚了。在它的周围，根本看不见是谁在进行指挥，但，能听到光阴的流逝、历史的呼唤。瀑布的声音，由弱到强，慢慢扩开、升腾，形成听起来格外舒服的旋律。我们站在那里聆听，融入水中，随瀑飘飞，飞溅的水滴飘到我们的身上，如沐浴般的惬意与清爽，真有“到此已无尘半点，上来还有瀑布寻”的味道。这时候，我已明白“山不在多，有瀑则灵”的道理。想着想着，一位老大爷好像猜透我的心思，渐渐走近我，轻轻拍着我的肩膀，举起拐杖朝瀑布方向一指：“年轻人，这儿还行吧？今天是没有出太阳，如果有太阳的话，这瀑布，就更好看了，五颜六色的；这瀑布啊，成了地地道道的彩虹瀑！”

车子一鼓作气地爬上了山。爬上山，树木葱郁。这里的水，全是从植物的根系中流来的，不是靠人工改造引流。

这里像九寨沟，即使你走错了地方碰到的都是水。山里水的绿，恰似一匹扯不断的绸缎，典雅素丽，流淌胭脂的芬芳。这里的水，太嫩太绿，什么东西随便一碰，都会碰破一层皮儿，呲呲有声；这绿也太硬了，什么东西随便搅动都无法让绿失去本真。一到山里，你看山，山是绿的；看树，树是绿的；看天，天是绿的；看云，云也是绿的，好像全世界的绿都藏在了这里！月牙潭，一个令人惊羡的地方。这潭里的水，无论你从哪个角度去欣赏，都会浮想联翩。潭中，鱼成了流水中的舞蹈演员，一会儿蹦过去，一会儿梭过来。成群结队的鱼群，自由多变的舞型，令人目不暇接。你可以在这里纷纷下饵，拖上钓竿，诱惑那些“演员们”；紫杉河，也是一个好地方。这里的水是珍贵的红豆杉分解出来的紫杉醇。喝了这水以后，能防癌。当地的百姓都喜欢喝这河中的水。因此，山里八九十岁人多得是。

“上了八大公山，不去斗篷山不是好汉。”带路的人给我们鼓气。

斗篷山是张家界的最高处。在朋友的再三激励下，我吃力地走上斗篷山。在斗篷山上，我看到了美丽得无法形容的千手观音树。在千手观音树的下面，冒出的是一股股神仙水。湖南的，湖北的，还有其他省份的不少人到这里讨过水喝。一喝，百病消除。传说，撰写《本草纲目》的李时珍到这里采过药，他也喝过这里的水。这里的水，不固执，少自我，是一种融合而神秘的存在。这里的水，保持荒凉中的洁净。风雨雷电过后，洪水涨满溪沟，可等雨一停，溪水又恢复到雨前的透明。这里的水，像雨露一样微甜。这里的水，留恋于大山的宁静，眷念于山里空气的干净。

它们爱大山，正如列夫·托尔斯泰所说：“我们不但是今天生活在这块土地上，而且过去生活在，并且还要永远生活在……”若不是这里水的涵养，哪有一片又一片的森林错落有致地生长在这里。

八大公山的水，无私地滋润，焕发出一道又一道的美景。八大公山，森林面积4.49万公顷。如果缺少这里的水，洞庭湖就会干枯，长江的水位也会下降！我们可以没衣穿没饭吃，但不能没水喝。没有水，我们不能活。因此，我们要热爱流水，珍惜流水。

听，流水的歌声，正从我们面前奔跑而过。

风雨贺龙桥

在桑植县洪家关白族乡，有一座桥叫贺龙桥。这桥是精神的象征，也是历史的见证。

这是一座风雨廊桥，与其他地方的廊桥相比，因其身姿和内涵与众不同而令人注目。桥两侧是开放的，像一座长长的亭子，来往行人可坐在木板上歇息、拉拉家常。我扶着那栏杆，俯瞰桥下的玉泉河水。这河水缓缓东去永不停息，它见证过贺氏家族抛洒的热血，它记载着中国历史的艰辛，它也弘扬着两把菜刀闹革命的精神。凝思中，一阵轻风抚着我的面颊，我同廊桥一样吸取芳香，想起了一位名家的话："这座廊桥，不断把行人从此岸渡向彼岸，又从彼岸渡向此岸。洪家关，这个地方，古往今来，从这座桥上走过的人不计其数！这里大部分是一些赶集和买卖的商人、播种和收割的农民、安于现状和固守贫穷的人。他们生于斯，长于斯，老于斯。"

当我正思考的时候，一只苍老的手碰了一下我的肩膀。我回头一看，是一位老奶奶。她又干又瘦，眼凹着，可头脑很清醒。她的年龄在80岁上下，姓向，土家族，夫家也姓贺，在廊桥两侧歇脚的木板上卖着红薯。她对我说："贺家的老屋和这座桥一样，修了毁，毁了修，我记得起的就有好多起。如今的贺家是人去屋空，人都走光了，都是从这座桥上走过。算起来我们还是亲戚，贺龙的第二位夫人向元姑是我的侄女辈，元姑是庚申年（1920年）夏天嫁到贺家来的，花轿从这座桥上抬过，点了好多鞭炮，桥上一片红。那时，贺龙正在外带兵打仗，是他的小妹绒姑抱着大公鸡和新娘拜堂成亲的。后来贺家的人一个个都走了，都是从这座桥上走的，贺龙的大姐贺香姑（就是贺英）和二姐戊姑是壬戌年（1932 年）从这座桥上走的，一去再也没有回来。听说第二年春被敌人打死在和我们桑植搭界的鹤峰。满姑也是从这座桥上走的，被人绑起……一去再也没有回来。敌人在县城门外把她……莫讲哒，惨得很……”这时，老奶奶从口袋里摸出一块粗布擦着眼睛。她还说：“贺龙走了，他是骑马从这座桥上走的，也是一去没有回来……都没有回来啊！”这时，老奶奶的泪似玉泉河水流起来。

很久很久，她又问我：“你是来看贺龙纪念馆吗？”我点了点头。我坐在桥上，沉思不语。这时老奶奶说：“要不，到我家吃饭去吧！而今，农村不像以往愁吃愁穿，现在打工的打工，家家余钱剩米，山坡上的地，也退耕还林了，农村不愁没田地种，日子是一年比一年过得好了。”

夕阳西下，我走下贺龙桥。贺龙桥，是一部苦难的历史，又是一幅吉祥的图画。他是桑植城的灵魂，又是中华民族的骄傲！

六耳口的柳

你的名字，藏在我的心里已经不是一年两年，而是几十年。你漂亮、洒脱而具魅力。而今，稍微有点儿姿色的，像风一样溜了出去，飘进繁华的大都市，可你一直没被外界诱惑，总坚守一个宁静而美丽的小村落。

你住的这个村，叫六耳口。它属桑植沙塔坪管辖。每当人们唤起这个村名，就像小时候诵读语文课本上的文章一样自然而流利。听人说，“六耳口”的原名叫“鹿耳口”。传说，这里有两座山峰像鹿的耳朵，鹿正在河中一个劲地喝着水，便起名“鹿耳口”。后来，人们写这“鹿”字觉得笔画麻烦，索性写成“六”字。说实在的，至于你居住的村名无论怎么解释，我一点儿也不在乎，真正在乎的，还是人们对柳的钦羡与爱慕。

人们亲切地叫你“河柳”。河柳，顾名思义，喜欢河。这河里，如白酒一样清亮的河水以你为美，扣人心弦的风景由你点缀。这条河，如不空出一些笨头笨脑的石头，全是河水的话，即使水性再好的人，从河这端游入河的另一端，也是要费一点劲、喘几声粗气。这河里的水是从人杰地灵的四方溪的岩壁上张开双臂扑下来，从澧水北源五道水的泉眼里哗哗哗地流下来，从盛产美女的龙潭坪的森林里默默地滑下来，不约相集这里。这河水一瞄上妩媚多姿的你，心动，睁大圆圆的眼睛。你也不是“低级动物”，看出河水的一片心意，迅速眨动眼睛，露出浅浅的笑。在微风的暗示下，你甩出长长的、绿油油的辫子，惹得河水心里发痒。河岸上，一些赶着牛羊、背着柴火行走的人，见着你们握着手，脸贴脸、肉粘肉地说话，亲吻几乎擦出火花来，便停下脚步，好奇地注视着你们。

很久以前，这村里，一点也不起眼，没什么好看的，巴掌宽的一条路，下点雨，鞋子糊得没有“鼻子”和“眼睛”。自从你住上这里，人们今天一群、明天一伙相聚这里。多愁善感的鸦雀，嗅觉灵敏，它们老远不倦地飞来，歇在你的身上，一会儿蹦过去，一会儿跳过来，左观右察，不愿走，勤劳地衔来节节枯枝和不知名的野草，在你的头顶上垒起自己的窝。在桃花顶满枝头的时候，这地方，如集市般热闹。人们骑上自行车，高举橘红色的旗子，挎着相机，有说有笑地来到这里。他们在水泥路上行走多长，你就热情地陪他们多久。走累了，他们不用去寻凳找椅，因为，你老早为他们准备好软绵绵的“草铺”，只要往上一躺，就可以观赏到如棉花如裙子如骆驼如骏马如流动的白云。人们从“草铺”中走出来，踩着沙石，走到绿得纯粹、绿得朴实、绿得不能再绿的河水边，择上一块石头，蹲着，洗把脸，脸如遇上春风般的舒服；脱掉鞋，让脚浸入水中，清清凉凉的感觉立即沁入心脾。洗脚的时候，一些爱热闹的鱼儿也会跑来为人们免费按摩。撑船的村民看见了，拖出船篙，扛上，从屋子里连忙跑出来，亲切地与人们打招呼，问人们需不需坐坐船、看看风景。上了船的人们在河水中尽情地感受什么叫刺激；甜甜的山歌不知不觉地从船上唱起；一蓬蓬笑弯腰的山竹尽收人们的眼底；山里的花听到人们“哈哈”打得特响而争相绽放。从船上跳下来，村民手持羊肉笑嘻嘻地为人们烤起来，鲜而嫩的羊肉碰上呼呼燃烧的柴火，连忙吐出了香。

一些人常把城市的好消息说给你听，并邀你出去看看外面世界的精彩，你却嘴一歪，立马谢绝，说自己待的地方山好水好人更好，孤独与寂寞从没与自己沾过边……

你，一直不愿意出门，怕河水突发古怪的脾气。在暴风骤雨的时候，河水如老虎般跳出来，狮子般地吼起来，翻脸不认，猛地冲向你、撕你、撞你，你用钢铁般的身子阻挡着，阻挡着，脚趾死死地扎在深深的泥土里。正是你的顽强，这里成千上万的庄稼才无忧无虑地生长、发育、成熟。

如果所有的树像你一样拥有如此博大的胸怀，创造出和谐而美丽的乡村又算什么呢？

天平山的花

花儿绽放，满山遍野。

这个地方，是桑植县的天平山。当我还没见到花开的样子，花的芳香却已进入我的鼻孔和灵魂。花的绽放，赏心悦目，不然，人们不会拿少女比喻花季。夜里，我枕着喜欢的绿色入眠，山中的花，总是在我的梦中一次又一次地浮现！

人们常说，值得记忆的事情往往是在清晨时发生。凭我这次经历这件事，完全相信这句话的真实性。天一亮，我就开始散起步来，那是有目的的，去一个农户人家。这人家，是我前一天天黑以前就想去的。我经过一座简易的小木桥，到了他家的门口。这屋子，是一幢木屋，但，很精致、漂亮。屋旁的绿色几乎把整幢房屋掩饰起来，其实，在大自然中，美是无法遮掩的，越是掩饰，越是神秘，越是寻找，越是美丽。这屋子的厨房门半开半掩，屋里的灯，亮着，但，不是太明，也不是太暗。走进这个家，一只狗向我冲来，叫着。这是一只上了年纪的狗，看样子，精明得厉害。它有节奏地在我的面前摇起尾巴，当时我有点害怕这样的气势。作为一只看家的狗，遇上了一个陌生人，出现几分不安是正常的。它的这样动作的出现，一般都以为会偷咬人，可它控制住自己的行为。这时，家里的主人从山里锄草回来壮了我的胆。他手提一把锄头，背上背了个背篓，见我，说："这狗，叫孙悟空，帮看屋子的，只要不悄悄地拿咱家的东西，都不会咬人的！"我去看他家门前的一簇簇映山红，狗以最快的速度跟上。我拈花，靠近鼻子闻，狗也闻起来，它的两眼还直直地监视着我，生怕我碰掉花瓣，生怕我摘花。这映山红，红如火。主人告诉我，自从他家门前屋后有了映山红，日子也红了起来，有了吃的，有了穿的……他拉着我的手，邀我去看看他家的竹园。竹园里，好大的一棵绣球花，花是那么白，那么圆，那么洁。那洁白的花朵静挂枝头，正如《幽梦影》中之言："花之娇媚者，多不甚香。"在这园子里，不知哪来的一对外地人，他们摆着不同的姿势，尽情地在这园子里拍着婚纱照。依我想，他们像绣球花一样比较在乎空灵洁净，在乎一种难得的清雅。这屋子，四代同堂，一直都是那样令人羡慕！

从这农户家走出来，我沿一条小溪往上走。这溪水，清得能分辨出鱼儿的公母。我走，溪水也走。溪水的脚步比我快，它是在赶路。路上，外来的，一阵又一阵的男男女女默默行走着。人们求得心之宁静，来到这样没有物界喧嘈之地是最好的选择。这时，鸟声冒出，尽管就那么几声，但，极其昂贵，它叫出了我从遥远的地方到这里寻觅的音符，也是路上众人所喜欢的缠绵之声。路边的花，一见如故，频频招手，一直用灿烂的笑脸追逐着我们，虽没说出声，但，让我感受到了它待人的真诚与热情。

这时节，山里已穿上五颜六色的衣裳，花开没有罢休的意思。

人们说："天平山，天平山，珙桐花开最好看！"为赏珙桐花，我找上一根小木棍，带上，边走边探。隔好几公里，山坡上的珙桐花就映入我的眼帘。当我走到世界上稀有的珙桐树下，坐了下来。这树，几人高，正是成熟期，一根根的枝条，一片片的绿叶显得格外有活力。这树，几百年的历史，已戴上若干"勋章"。它开花了，花开像鸽子。它的叶子与花有约，同时开放，开始为绿色，然后黄绿色，最后晶莹的白色。花一旦开到极致，叶子也就长到极致。花飘飞的时候，更像一只只的鸽子展翅、飞翔，故说鸽子花象征团结，象征和平，象征吉祥。欣赏中，我的耳朵开始嗡嗡作响起来，一只只小蜜蜂在鸽子花上采起蜜来。这，到底是花爱上蜜蜂，还是蜜蜂恋上花？在这，我诵读起亨利·比尔斯的诗：“它喝饱了忍冬花美味的糖浆，喝成了好一个滚圆的大肚……”

时光中的鱼鳞寨

这是真的。

走进鱼鳞寨，我的眼一睁，所看到的就是一些木房子。这寨子里，人户不上一千。寨里的人咳嗽一声，全寨人都能听见。

木屋上，布满瓦片，它们诗意地栖居，鱼鳞般叠着。

寨里的土路，窄，但，总有人逶迤而行，像是外面的繁华与这个原始而又质朴的寨子无关。这里的四合院，宽敞而明净。门槛上，坐着一个小女孩，不想发出任何多余的声响。她，约六岁。一双眼睛诚实而明亮。她的手里拿着一束鲜花，金黄色的。她见我来，像山林里的百灵鸟一样连忙招呼。或许，我依旧有着外来客人的痕迹，与这个寨子显得极不协调。经过与小女孩的联络，便有了简单的交流和沟通。在我的拍摄照片过程中，小女孩的心情逐渐变得舒朗起来。她要带我去看一口老水井，说那水井照得出人影。

我跟随她到了水井边。这水井确是寨子里最美丽、最富有表情的姿容。当自来水还没有进入家家户户的时候，它就是寨上人的生命。寨上人常挑着水桶，背着壶，提着瓶，拿着瓢到这里取水。他们来到水井旁，水桶往下一压，桶里的水就满了起来。挑动时，几片树叶在桶里摇曳。

站在水井边，我观看水，水井中的水也观看我。井底倒影，朦胧且宁静。

正当我享受这份静谧之时，一个驼背的男人从我背后突然“扑通”跳进井边的一个水池，立马洗起澡来。这老头刚从山里掰玉米棒放回木屋里，汗气一身，浑身燥热。他不仅洗去疲惫，而且洗出精神。

长在井边的一棵大枫树，年纪明显的大了，但，在风的邀请下，也乐意地为这位老头呼呼鼓掌。哲人爱默生说过：“每棵树都值得用一生去探究。”我站在树下，一个老奶奶拄个拐杖走过来对我说：“贺英的丈夫谷继庭就是这寨里的。明朝亡后，清朝兴起。谷继庭参加了哥老会。哥老会有枪。他们边生产，边保境安民。”

一处小塔里，舂火药的碓马依旧存在。从当地人的嘴中，我了解到当时的哥老会可带徒弟，学徒贺龙在哥老会中排为老幺。老幺的责任就是居中联络、内联外交。

谷继庭死后，贺英带上丈夫的枪继续保境安民，打富济贫，部队在贺龙的支持下逐渐发展。这之前，贺英也多次给贺龙说：“我的队伍就是你的队伍……假如有一天，你到外面混不下去了，就回来!”直到南昌起义失败，贺龙去上海请缨要求回湘西北，回家乡进行桑植起义。回来的当天，贺龙把手头的工作交代好，便骑马直奔鱼鳞寨，他见到贺英的面，高声大喊:“姐姐!”这一次，贺英把全部武装力量交给了贺龙，交给了党。之后，贺英带上剩下的老弱病残回到鱼鳞寨，生产、喂猪，给部队提供后勤服务。再后来，国民党反动派经常进入鱼鳞寨搜捕，贺英待不下去，只好把武装力量转移到桑植的四门岩和湖北的七郎坪一带。

了解这些情况之后，我的步子慢了起来。就在这时，一排排破旧的屋子映入我的眼帘。我走近，才知道这里原来是一所村小。进入村小的路已被杂草霸占。我绕校园一周，居然发现挂在树丫上的喇叭早已失去广播的功能，它已成为典型的摆设，木桩上吊着的铁片，原来像个指挥官，教师、学生包括炊事员都得听它的，自从无人敲打以后，它也就是一块废铁而已。教室里，空无一人。那是因为学校布局调整，这里的学生、老师都去了镇上。这里，留下的只是一片荒凉。

时光中，湖南省桑植县洪家关的鱼鳞寨流失了许多，也保存不少，好在人们的心还系着这里的悠远，系着那份残留的温情。

江垭温泉

原本只想欣赏一下令人惊讶的大峡谷那边的玻璃桥便调头回家，可看完桥，朋友的一声吆喝“走，到江垭泡温泉去!”，改变了我先前的行程计划。

到了江垭温泉，迎面爽心又悦目的感觉超出了自己一路上的想象，我不禁暗自庆幸，幸亏自己选择来了江垭泡温泉。因为，这注定是一趟奇妙而美好的旅程。

我穿着泳裤去的第一处是水疗馆。带我去的是这里的一位拥有清新迷人的脸蛋和一双动人的眼睛的美女。她边说边笑，那笑像阳春三月的新柳，给人带来无限春意，可以忘却冬季的寒冷。水疗馆的空间特别大。池的容量也特别的大。池的名字富有诗意——同心池，意味泡温泉者心心相印或心想事成，等等，个个褪去身上的白色厚浴巾进入温泉的瞬间，似乎把劳累经年的身躯投放到一个安全、轻松的处所。一到这里，热气散发着缥缈的氤氲，令我立马联想到雨后山的神韵，烟雾缭绕，好像是异域女子的头纱般半遮面，充满了神秘。

池中，挤满了身着泳衣的男男女女，洋溢出欢声笑语，不绝入耳。我在池边徘徊，总觉得不好意思下池子泡澡。池中的人，朝我招手，还主动腾出位置，感觉再不下去总有些扭捏了。说实在的，如果我不是来这里泡澡的话，绝对是不会打扰这池水中的湛蓝、温柔与明净！当我融入水中，“温泉”中“温”字的存在让我有所了解，那是因为它适合我的肌肤的需求，能让我在这样的环境中找到那份舒服的感觉，同时也让我领悟到了“泉”的妙处。这池中设置了许多温泉水的出口。一道道的出口，倘不仔细寻找，那是看不见的，但它对于来到这里的人都是同等的服务。温泉水的若干出口由来者一一掌控着。当我轻轻地压着出口的按钮，水立即以蹦、跳、洒、冲、滚的形式赐予我。我尽量尝试着每一道出口生命之泉的力量。当我正找寻一个出口的时候，池中的一位美女手一招，接着莞尔一笑：“这儿，你好好感受一下!”听着她的话，我走近那儿，躺下，按钮，一会儿才明白这是不一般的动感区，我佩服这一处的心理设计师，他把水的冲动顶尖设计成人的手了！我躺在这儿，水温软地击在自己的敏感处，像一个人用细嫩的手来回地按着摩，按摩得自己都不想离开，如遇上世界上手法最好的按摩师。

不同的沐浴姿势惹得我的眼我的心开始变得有些不自觉了，已达到赏心悦目的地步，估计在这时候池中其他人的感受与我也是一致的。池中的女人似乎把这里当成了赛场，有的露出了自己的乳沟，敞开胸襟，让温柔的温泉水洗涤身体，软化心灵。如鱼得水，她们恰如美人鱼一样，穿着泳装让雪白修长的腿在水中轻盈地游动，撩起了想象不能穷尽的潋滟的波光。见着这镜头，我立即想起了一个人曾说过的一段话：“人类的视觉是很神奇的东西，当遮住的部位多的时候，我们就普遍去注意没有被遮住的地方。当裸露的部位多的时候，我们就普遍去注意没有裸露出的地方!”

在这雾气腾腾的温泉里，我不禁地问：“江埡温泉，你是凭什么具有此般的魅力，让全国乃至世界的美女挤于一池?”

从池中走出来，我看到沐浴后的女人们披着浴巾行走在走廊上，步履轻盈。她们像在思考池边树的安逸，到时定会葱郁花开。感受这份静谧的境界，只有她们才完全领会，这正如池边题诗所云：“俗世凡尘了无趣，悠然静心怡自得！”

兴尽，回家。

大自然是公平的，一视同仁，也就不会有什么不恰如其分。朋友们平时生活节奏繁忙，偶尔聚在这里，一起泡泡温泉，甚是惬意。温泉洗去的是烦琐，留下的是轻松，多了一份自在，少了一份束缚，多了一份回忆，少了一份遗憾！

江垭温泉，是一个赏心悦目的地方，确实值得一泡。

行走紫霞山

去张家界看山的人，大都领略过天子山，饱览过天门山，可能还没到过紫霞山吧。

紫霞山，建筑多为紫色。它，在武陵源的溪布街边。溪布街，热闹；紫霞山，更热闹。

一次，市文联组织活动，我一股脑儿钻进了紫霞山。

山脚下，有一条金色的时光隧道。我在隧道中穿行，时间也在我的身边前行。这令我立即想起了普鲁斯特的《追忆似水的年华》中的话："时光对钟表来说也许是相等的，对人却不然。"在这，一种"千烦万恼尽，缥缈一身轻"的感觉，油然而生。

开始上山了。

石板铺成的山径很曲折，但，也很平稳，似人生之路。

山中，不是古木参天，可，葱葱郁郁，令人流连。

这些树，生活在道教中，经历过沧桑，遭遇过苦难，它们却从不把忧郁、痛苦写在脸上，活得竟是如此开心！

名宫、名观、名庵……令人瞠目结舌！

这里的宗教建筑，有老子出关亭、三清殿、慈航殿、祖师坛、关圣殿、玉皇殿等，五殿、三宫、二亭、二庙、一阁。大小殿庙，约 30 座。八仙山、仙人足迹石、南天门、中华同心锁等景点，数不胜数。

景区内，建筑群落，巍峨，错落有致，环境幽美。导游说："传说八大仙人，或姓张或姓吕，或姓韩或姓李；有贵为皇亲国戚的，有衣衫褴褛、醉歌游市的，有仗剑除恶的；有风采卓然的，也有丑陋邋遢的；他们或穿红或着绿，或散发或跛足。各自携带看家的法宝，或拄杖，或挎篮，或持大拍板。虽形容不同、神态各异，但个个飘逸气爽、快乐逍遥。他们的姓氏、性别不同，尊卑、贵贱有别，但殊途同归、终至成仙……"导游的一番讲解，让我大开眼界，当即，我伸出大拇指，冒出一句："八仙过海，各显神通！"

山中，流动着中国的文字，流动着参禅悟道的人，流动着毫无污染的空气！当我读到美景的同时，也读到了道教中不杀生、不荤酒、不口是心非，不偷盗，不邪淫，修信灵道学道，先要修人道，修好人道，就可由地道之康庄大道而登天道。

行走山中，摩肩接踵，进香的，磕拜的……他们心中默念，祈祷富贵、长寿、平安，寻求庇佑。挂在树枝上的一些红布丝条，那是人们梳理思绪以后，写出的各种祈祷性的语言。因此，人多神佛少也就自然了。导游说："人存活在这片土地上，不能活得太苦太累，不能活得太贵太陶醉，也不能活得太琐碎，要学会崇尚生活的率性，活得'开心'！"

再往上走，便是"南海"了。

我站在千米高的紫霞山顶，"南海"尽收眼底。

天蓝，云靓，山奇，水绿，风细……

遇见这山、水、树木组成的如此壮观的"南海"，在我的人生中还是第一次。我静静地感受着，体验着，思考着，似翻开一本《道德经》，层次清，内容丰，画面清，直抵内心！难怪有人说："上了紫霞山，人似活神仙！"

下山时，导游说："道教不全是消极避世，而是要有一种'守静'的能力，要通过'无为''不争'达到天人合一境界。"

抛弃前尘往事，走这一趟，算是自己的一次最好的修行吧？

五道水

人们一提起五道水，无论在什么时候什么地方，我的心会猛地融入那幅天然的水彩画里。你从桑植县城动身，溯澧而上，途经贺龙两把菜刀砍盐局的芭茅溪，涌入你眼帘的就是人间美景五道水。这里的山，轻轻一围，只剩下一条河与河岸边的一条路。

这里的山，一辈子躺在这里。它，没有一点架子，无论你何时见它，给你的都是亲切与温柔，感觉不到一点儿陌生。它们一座挤一座，如姊妹，像兄弟，千秋万代相偎相依神圣的土地。山上，除一坡又一坡怪样的石头外，还有茂密的森林。世上稀有的珙桐，不知怎么也喜欢待在这里。它，上千年站在这大山之巅，撑开巨大的绿伞，黑黝黝的树干就是五六个人牵手围也显吃力。炎热的夏天，人们老远跑来这里，像走进天然的氧吧，自由自在，无拘无束，享受天伦之乐。美丽的林海，由它默默地点缀。逢上花季，珙桐花、鸽子花，还有一些叫不上名字的花，开始忙碌。鲜美的花，铺满山坡，像是人工进行过精心安排。微风一吹，花香四溢。这里的人，无论田间锄草，还是柳荫下休息或林间漫步，都会唱出美妙而动听的乐音。这歌，不经高手作词，无须名家作曲，悠扬的歌声却在碧水峡谷之间久久回荡。

这里的水，离不开这里的山。大山造就它的清醇。它们从水的源头跳出，像刚诞生的婴儿扯开喉咙，击破宁静，抱着绿，搂着天空，怀上云的飘逸，毫不吝啬自己的步伐，以青春的活力与魅力追逐自己的目标。它们一会儿径直走，一会儿拐弯跑，即使面前堆满再大再多的阻碍，也放弃不了它们的艰难行走。它们往前冲，想沐浴更多阳光，渴求更充沛雨水的滋润，一路欢歌，像要走遍大地上所有风景，奔向更远更宽阔更深邃的地方，成为江河湖海中永恒的一滴。这里的水，太清了，清得可见直插水底的巍巍群山；这里的水，太明了，明得能辨准鱼身层层鳞片。你伸手捧起那份“透亮”，品一口，凉而嫩，爽在口里，润在骨里。

山的秀丽，水的清纯，造就山里人的身材。五道水的人好，尤其这里的女人更吸引人。她们的身材凸凹有致。你从不同角度欣赏，都是“好看”。看过之后，忍不住回眸一瞥。她们饮过山里阳光，尝过悠悠的河水，涂过山的“明油”，变得柔情万种，一双双水汪汪的眼，你一见，如赏横跨天空彩虹，像读水中明亮的月光。到这里，女人的脸上，泛出甜甜的笑，漾进你的心，浸透你的身。她们给你端上热气腾腾的鸡蛋茶，走近你，与你拉家常，讲笑话，口音虽不如普通话标准，常把“鱼”字念成“女”字，但，那卷舌音听起来，像贴着你的心沾着你的肺的呢喃。这里的女人，讲话斯文，做事细致，但，个性鲜明，谁如果欺负她们，她们绝不服输，一定要弄个明白。如果你娶上这里的女人，那是你一辈子的福气。她们肯做农活，善做家务，会把小家打理得甜蜜温馨。不管你什么时候到这里，都会欣赏到这里的美女。说来有趣，好多外地人听说这里女人漂亮，专门开车来到这里。

当你厌倦城市的高楼喧嚣，背上行囊，踏入这片绿荫怀抱，定会让你感悟到：山的神奇，水的怪异，人的美丽。

张家界写意

天门山

天门山，一直被当地人奉为神山、圣山，更被誉为“湘西第一神山”和“武陵之魂”。这山有传说，说是“天门翻水”和“天门转向”之谜。“天门翻水”，是天门洞右侧绝壁之顶，会在旱季晴天忽泄洪水，而出水之处并无任何水源，本地不少人多次目睹这一奇特现象，更为神秘的说法是，出现翻水的年份，总与发生重大历史事件或自然灾害的年份相吻合。“天门转向”在张家界也家喻户晓，天门洞的方向近几十年来在悄悄转动。

天下第一桥

这里的桥，会让你知道什么叫有惊无险。

这桥，不知道花上多少心血修炼，才磨炼成这样的豁达。

当你站在桥上感受的时候，如同坐在飞机上一样。

看桥固不能少，但在这里，人们的眼睛却偏偏盯在桥周围栏杆上挂满的锁。

大小的锁，挤在那里，挤满的是大大小小的心愿。

金鞭溪

走金鞭溪，会看见无数只猴子。

溪水中的猴子，耳朵明，眼睛亮。它们在水中游泳，姿势万千；在水中争斗，互不相让。它们个性独特，听到你来，看到你走，它们会一个劲儿地从山林中溜出来看你，在溪水中打滚，几个动作，弄得你满眼模糊。当它们爬到路边静静地望着你，如果你手中有食物，最好不要吝啬，给予它一点，否则，它会抢你手中的东西吃。你丢一点，它们会抓住一点，它们领会“谁知盘中餐”的道理。

猴子爱爬树，几手爬上去。在树上，只要挂有一根藤子，它们都会安全地荡“秋千”！

黄龙洞

人们常常用“深邃”比喻洞。

钻洞，一般我是不想进入，因为，那里面太黑太暗，太潮太湿。而这一次，我同文友们钻进黄龙洞，觉得它太神奇了！

神奇的是鬼斧神工会雕刻，把黄龙洞雕刻得令人眼花缭乱！洞内有野兽、仙女、花草，还有一根让你无法想象的天针。说白了，洞外有的东西，洞内几乎都有；洞外没有的，洞内也有！

洞，一年四季见不到阳光，但，它不寂寞，安于现状。有人参观，无人参观，它的心态良好，所以，很多人说黄龙洞青春永驻。

天子山

人家说，山外有山，一点也没有错。天子山下，神奇而美丽；当你爬上天子山顶，会见到神奇而美丽的山的“祖宗”。

在山上，御笔峰好看。我的《张家界看“海”》中的照片有她诱人的婷婷的身段。

这山峰，不知道是谁的功夫，把山峰雕刻得连调皮的猴子都望峰莫及。

山峰像笔，像无数只长长的尖得不能再尖的笔。这笔的胆子大得吓人，把画都画到蔚蓝的天空。不少客人看这山峰，又抬头望望山峰上的天空，惊叹御笔峰。

凡来到这里的人，都说这山峰确有几把“刷子”。它，不仅刷亮人们的眼睛，刷净这里的空气，而且刷出天子山的魂。

两河口印象

两河口，千年古镇，古镇北面，有澧水环流的八宝山，山腰到处是古汉墓碑遗址；南面，有凉风洞胜境，洞外有回音潭。船上过潭，引吭高歌，峡谷便发出悠长的回音。

两河口，如今近万人，96%是土司的后裔。这些少数民族世活于此，如嫁女哭嫁、接媳拦门、立屋上梁、生子酌酒、迎亲接嫁等。他们个个能唱，人人能舞。民族舞蹈种类数不胜数，著名的有《舍巴歌》《摆水歌》《薅草锣鼓》等，至于山歌、水调、花灯调、哭嫁歌等，遍及山村。

两河口的山，不雄不奇，大同小异，大都呈骆驼状。山不高，山头却多；山石不多，山土却肥。土壤几乎全为黄土。漫山遍野的柑橘树、柚子树、梨子树，逢果树开花季节，山上就成了花的海洋，花的世界，到处能闻到花的馨香。花一落，那低矮成行的柑橘枝头挂满丰腴的果子，那高大枝疏的柚子树上垂挂着气球般大小的柚子，还有那沉甸甸的梨子树上挂满梨子。它们形美味醇，堪称特产，畅销省内外。

神奇的绿，梦幻般的绿，把两河口装扮得婀娜多姿。置身于绿的怀抱，感受到绿象征着活力，象征着太阳所赋予的巨大热能，象征着美好前景。在这绿水河中，深藏各种鱼，成天在水中嬉戏。两河口的渔民，以捕鱼为生，少数几家养鹭鸶捕鱼，多数靠渔具加水上工具捕鱼。白天，小小的渔舟安静地躺在小河湾、码头或阴凉岩罩底下避风歇息，一到傍晚，便荡动桨片，下“懒钓”、拉“干网”、甩“味子”撒网……捕捉了草鱼、泉鱼、白鱼……清早，渔民们的妻子挎着大小竹篮随街叫卖——“买鱼啊……”

两河口，不仅山美、水美，而且人情味相当浓。与两河口人喝酒，则是一种意想不到的浪漫。这些粗犷的汉子们，依于大山的怀抱，孕育的情感火热而炽烈。与他们喝酒，不是依偎在山寨那百年不熄的老火塘边，而是就着呼啸的山风，就着沉沉的夜色，就着原始的野性，哼着古老的民谣。与他们饮，先用小杯，后用碗，再用钵子，觉得未过瘾，他们还会拖出酒鼓喝起来。一如汹涌的江流，鼓荡起湍急的旋涡，或浅斟细酌；一如澄清的山泉，一个优雅的跌落，或觥觞壮举，且饮且歌；一任淋漓的肝胆，击荡起酒碗中一串串无声的惊雷。说实在的，与两河口人饮酒，讲气度，不是粗暴地宣泄，不是虚伪地酬酢，而是尽情地享受。

白石的冬天

冬的一日，天空飘着细雨，车子把我们拉过蜿蜒的山路到了西莲。高山的西莲，寒意蹦出。我们想稍微烤暖和以后再动身，可火盆里的火总烤不上身。这里的人们知道我们到了这里，还要去遥远的白石，连忙跳进自己的屋子，找来一件又一件的毛衣，要我们披上，说那个地方特别冷。

车子似乎通人性，见路面坑洼，走得不是很情愿，不时发着小脾气，弄得大家前俯后仰。当走进辽阔的白石，领略最深的，便是这里的风、雾、雪。

这里的风，泼辣。在冬天，天还没亮，寂静的山村就被它撞响。深邃的夜里，它通宵不眠。一天到晚都是如此，一年四季也是这样。天还没有起黑，山民房屋的门老早被关上。这里的风，大而狂，无论你体验哪一座山头，只要风到那里，它都不给你面子，总一个劲儿地往你身子里灌。满山遍野的狗尾巴草、枯黄的茅草，遇上风，点头哈腰，等风一走，又偷偷地直起身子。大点的树，不像小草的性格，偏偏与风抗，结果被风吹断，有的甚至被连根扯走。你一眼望去，这山上几乎没有大点的树。躺在这里多年的南滩草场，浩浩几十万亩，风如老虎一般在这里吼叫，掀起层层波浪，一浪过去，一浪回来，浪成一片壮观的绿海。尽管这里的风如此猛烈，但，怎么也挡不住山民耕耘的脚步。

这里的雾，如果哪天不出太阳，它就相当霸道，好像这地方全由它管辖。它有本事一天到晚徘徊这儿。遇上有雨的日子，雾老早爬起来，从天顶一步一步地往下压，这儿汇成一片，那里凝为一堆，满山弥漫。房屋、田野被它包裹，山上的草木被它掩饰，隐约可见的就是公路上一点儿白晃晃的影子。冬天里，车行那条路，车的眼跟瞎了差不多，即使再努力，也看不清路。车上坐着的人，为赶路，跳下车，往前跑，给司机引路。一阵跑过，引路人的头发几乎结冰。

这里的雪，好多地方还没说起飘飞，它就开始在大山漫行。它怕迟到，遭受气候的指责。深冬，它邀上一阵风到这里，山里好多角落成为雪的归宿。如果你要看雪景，来这个地方绝对不会后悔。这里的雪，只要一冒头，如远来这里的工程队，几个月不肯回去，大年三十也住在这偏远的大山里。雪一落起来，仿佛一点儿也不缺"钙"，不知哪来的劲头，常常一落就是一整天。大山里，闪烁着白色和蓝色的寒冷光辉。雪镶满树枝，房屋变厚，电线冻肿。活泼的几只白毛羊，见着雪，待不住，一个劲地往雪地里冲，蹦几下，无踪无影。这里的人们挺聪明，熟悉雪落的特点，把要运出山外的东西早早地运了出去，知道雪一盖，会盖到来年的春天。雪落的日子一长，山里人行走不便，只好待在屋子里。外面是冬，屋里是春。

这山里的人喜欢山里的雪，因为，"当年雪肥胖，来年烟叶壮"。

人潮溪的雾

我们去张家界的人潮溪看雾。秋在挽留，冬已催促。

一道又一道的弯路，让我们领略；一座又一座高山，被我们翻过！

野花，站在路边。微风喊醒它们，它们探出好奇的脑袋，观望着过往的人们和车辆。我们见上它们，不停地想：这野花，是不是《诗经》里的“靡芜”，《楚辞》中的“江离”？

想着想着，车子“咔嚓”一声，停在人潮溪的大桥边。站在桥边，吐吐气。晕车的我，顿时不晕车了，喜悦毫无商量地爬上额头。这地方，取名“人潮溪”，其实，依我看，将它改名“人潮河”更合适。这里，有一条河。河水，绿得张扬，绿得宁静，绿出了不同的韵味，也绿出了独特的情调！这里，有渡船渡人，也有渡船运货。河的宽度，一座石拱桥想丈量它，也只能选择最窄的位置；游泳高手的鱼，削尖脑袋想摸清水的深度，日夜不停地钻，但，一直没有钻透。

渐渐地，雾，来了！它是涌过来的，一阵又一阵，波涛一般，越来越多，越来越厚。脚踩下去，没了腿。一堆堆的雾，从我们的手指间，往胸前，往脸上，往头上涌。忽然间，我的眼，模糊了，看不清了。我问身边的小翠：“你是否看得清山的周围？”小翠，长相如这里山一样漂亮。她的嘴微微一张，热气直冒：“人潮溪的雾，就有这么怪，见客人，亲热无比；这地方的人，一年四季，生活在雾中，男的因雾而帅，女的因雾而靓！”

说着说着，这里的雾，似乎能听懂我们说话，一个劲地拥抱我们，亲吻我们，我们也亲吻着浓浓的雾。我摘掉眼镜，一抹，啊，好多的雾珠啊！我往后一看，呵，好大一片的白茫茫！山峦、果园、房屋，远处的河面上的船只、渔民，片刻间，消失得无影无踪。在这里，雾一直亲着我们，我们也感受到雾的直爽与洒脱。个把钟头过去，我们的眼才慢慢地睁开。

"上车吧，还有一段距离呢。"小翠拉开车门。她说的还有一段距离，指的是距离人潮溪的集镇。

听了她的话，我们跳上了车。"雾，恋上人潮溪，不是没有理由。"小翠在车上说。

她说，人潮溪，这地方，眼一睁，就是山，山是好山，大自然有美，有爱，有和谐的秩序，所以，雾，常驻这里。

一会儿，人潮溪的集镇，呈现在我们眼前。山里的雾，像一幅幅巨画挂在山间。当我们正欣赏雾的时候，小翠说："到这里看雾，最好是站在学校的旁边，那里的位置好一些！"听了小翠的话，我们沿着一条上坡的水泥路，有说有笑地朝学校方向走去。路边的桂花树，太领会我们的意图，知道我们要去看雾，毫不吝啬地把早已准备好的香味端出来。那香味，一直粘着我们走，把我们都香醉了，醉得我们直捏鼻子。

学校后面的山，叫金鸡山。听当地人说，山里到处有金鸡。

到这里看雾，另一番味道又自然地溢了出来：这里的雾，有的行走如箭，等你眨眼，影子不见；有的忽而往上扭，忽而往下扭，它们边走边瞧，看地里的玉米棒子结得怎样？瞧山里的烟叶长得壮不壮？有的像城府深的老人，不慌不忙，像在关注着山乡的变化，看哪些地方的公路还没有修通，哪里的荒田荒地还没有耕种……这里的雾，无论怎样，大山喜爱它们，它们也钟情大山。

生活在这里的雾，自由自在，没有孤单与寂寞。关于城市的生活，它们也不羡慕。它们的根，扎在大山里，只是自己没有吐出："生是山里的雾，死是山里的魂。"

这里的雾，人们喜欢，山里的鸟，与它们也成为最要好的朋友！

山里的鸟儿，常夸这里雾的美丽，说雾赋予它们灵性，增添它们智慧，给予它们精神。人们来赏雾，鸟儿还义务地当上了导游。

我们走下山，返回乡政府的招待所，琴线般的电线上，一只只的燕子，蹲在那里，如一串串的省略号。

"今天的燕子，怎么全在这里？"我问。"天冷了，它们将要飞回去。回去之前，舍不得山里的雾……"正在洗菜的卓老板头一抬告诉我们。我们的对话，燕子好像听明白了，便不停地叫喊起来："雾好！雾好……"这些只言片语，带着悦耳的颤音，点缀山的热闹。电线上的燕子，安详、深沉、欢乐，只有鸟、只有雾、只有人们最高尚的心灵才能领悟。

燕子叫喊过，一缕缕的阳光，跳出来，穿进山雾。山里的雾开水般沸腾。渐渐地，大山变得清清朗朗，明亮如刚洗过一般！

美哉，人潮溪的雾！

在五道水泡温泉

"走，到五道水泡温泉去!"咚咚的敲门声，击破伏案疾书的我原本沉醉于文字之中的静谧。我条件反射地一边说"好"，一边拎起外衣，边穿边把拖鞋扔到一边，轻轻地关上家门，欣然轻快地走出小院子，提脚跨上在等候的车。

从桑植县城往五道水去，在交通不便的年代，是要翻过好几座山越好几个岭。每走一程，总会遇上一道河水。这些河水，便成了去五道水的计程器。一道水为南岔，二道水在小埠头，三道水是凉水口，四道水就到了官屋场，五道水则是汨罗湖了。步行的人，心中默默地数着经过几道河水。这样，心里头就有已经走了多远的概念。如今，盘山公路通了，去那里，不必绕上那么多的山山岭岭，车子转几道弯，过几座石拱桥就是了，而且，沿途还经过贺龙两把菜刀砍盐局的旧址。

这一路下来的河水，一路下来的绿，令人目不暇接，绿得人悠悠晃晃，揉得人晕晕乎乎。坐在车里，飘飞一般的感觉。

五道水，到了。

素有"桑植后花园"美誉之称的五道水，是桑植的西北大门，与湖北的鹤峰、宣恩县毗邻。它地处湘鄂交会的原始森林——八大公山国家级自然保护区的缓冲地带。著名画家黄永玉在这里题写的"澧水源"三个字，刚柔相济，告诉着来来往往的游人：五道水，澧水之源头。

这座优美的小镇，群山环抱，林木浓郁，景色秀美，常年泉涌如歌。来到这里，让我们真正体会到什么样的山才叫青山，什么样的水才叫绿水，什么样的人才是人杰，什么样的土地才充满灵性。

经过这座小镇，再行几分钟，玉龙温泉出现在我们的眼前。

玉龙温泉，是大山深处输出温暖与养生的胜地。来这里的人，络绎不绝。在屋子里等待的时候，我们的心有点急，但我们知道："缺少等待的人生，如没有日出的黑夜，茫然无措；缺少等待的人生，如没有珍珠的项链，残缺不全。"半个钟头过去，终于轮到我们走进浴池。当我们一跳进浴池，激情四射。热腾腾、白乎乎的雾气，扑面而来。这雾气，如河面上、山涧里的团团烟雾，像田野里、山坡上袅袅的炊烟。池子里的水，进出两口，川流不息，清澈洁净。躺在水中的我们，似乎找回了童年的天真。池水的温度，大自然调得相当合适，40℃左右，不冷也不热。洗的时候，根本不需我们动手，它会主动而认真地把我们的身子泡洗得光滑白净。皮肤过敏的，用它洗得不过敏了；身上长红疮的，用它洗得不长疮了……

隔壁传来银铃般的"哈哈"声，令男人的池子一下变得鸦雀无声。我揣摩，一定是女人们在戏水玩闹。她们来到温泉，身子微微摆动，轻松自如地游动，比男人们更享受童真的乐趣。这时，我好想把温泉屋顶上的瓦片戳开，留点空隙，让天空进来，与咱们比一比谁的肌肤健壮、洁白，让没穿衣裳的云飘过来，和我们赛一赛谁的心灵惬意、纯洁。在默默静思之际，隔壁的山歌，悠悠地传来，有的唱，有的和，唱唱和和，和和唱唱，歌声激起多座池子才男俊女的群情配合。一位朋友发力，竟冲着隔壁唱起自编的山歌，引得座座池子里笑声此起彼伏！这时，小小的温泉浴池，犹如天堂一角，洋溢温馨与浪漫，随热气白雾腾升屋外，弥漫天空。泡着澡，听着歌，有的欢声笑语，有的闭目养神，男男女女，似乎个个醉了，谁都不愿意离开浴池，但想到排队在外等候的湖南、湖北、贵州、四川、北京等地来的男男女女，只好“前客让后客”，擦干身上的水珠，不情愿地穿上衣服。

玉龙温泉以其柔性与热情，奉献给我们一份舒适、舒服、舒坦、舒心的享受。“下次还要来”这种念头油然而生。它搓掉了我们工作中的劳累，搓走我们生活中的烦恼，搓出返璞归真的安逸。

泡完澡，大家到温泉附近走一走。带着沐浴后的清爽和轻快，我们来到了一个土司洞边，逆时光而溯历史，感受土司结盟的岁月：康熙五十九年，桑植宣慰司向国栋与鹤峰县容美宣慰司田旻如相聚大岩屋歃血结盟。一座大岩屋，一个大石洞，改写了争斗的残酷与野蛮，接纳了进步与文明。容美宣慰司田旻如率兵二犯桑植，在两河口大败而归，休养生息已是急不可待。桑植宣慰司向国栋也觉得：“邻里失和，动乱不止。”于是双方传信，有意在五道水岔角溪边的大岩屋设神坛结盟起誓。从土司洞走出来，风在丈量土地，也在和善地抚摩着我们行走，一只小鸟弹弓一般地穿越宁静的田野。我在想，这只鸟的巢，莫非是建在五道水街上一棵上千年的柳树上？它，在这里盘旋、飞翔，像要与我们交个朋友。当时，我突然想起外国著名作家梭罗在《瓦尔登湖》里预言中的野兔“要是没有兔子和鹧鸪，一个田野还成什么田野呢？它们是最简单的土生土长的动物，与大自然同色彩、同风雨，同呼吸，和这里的草木山石以及水土结成最亲密的联盟……不能维持一只兔子的田野，一定是贫瘠无比的。”想到这话，看到这鸟，又让我感受到玉龙温泉美好的生存环境。

我们到了一家农家小院，喝点苞谷烧，吃上当地的趴趴鱼，咀嚼着清香的菜肴。之后，我们枕着潺潺的流水声，美美地睡上一觉。梦中，再一次被五道水的风景揉碎，再一次被五道水的玉龙温泉溶解……

韶山行

扑入韶山，如一滴水扑入大海。

这里，松柏苍苍，群山蟠蟠，赋予我脉脉的情思。伟大啊，神圣啊。于是，我挤进有导游的队伍中，领略这里的山水人文。

韶山，为狭长地带，位于湖南湘潭西北。与湘乡、宁乡两县交界，距湘潭 45 公里，离省会长沙 90 公里。因地势狭长，又名韶山冲。它起源于韶峰脚下，由南而北，长 5 公里，东西宽 3 公里多，遍山生长着松、柏、杉、枫，夹杂着丛生的竹子，景色优美。泉水从山中流出，汇成一条小河。河水清澈明净，潺潺流淌，默默地滋润着乡间的田野。

韶山冲上，毛泽东的故居旧貌依然。门前，盈盈着一弯莲塘，塘中绿叶田间，酡红点点。塘边，一座石砌的码头，延伸到水中央，码头的左侧是木制的水车架，为防风剥雨蚀，在表层又抹了一层水泥。沼塘四周，栽了十多棵树，为松为杉，更多为柳，宝口峰攒峦簇，高低远近错综，蓊蓊郁郁从雾林腾起，烟霏在林梢变幻。故居是湖南农村常见的“凹”形结构，土墙，瓦顶，高而轩敞，房室齐全。正堂之外，尚有退堂；卧室之外，又有卧室。

穿过故居的晒谷场，一行人都说到毛泽东的父母坟看一下。一路上，沿山曲折，大家都争着听导游讲解。导游能说会道，讲着毛泽东父母坟的传奇故事。本来我是走在队伍后面的，索性跑到导游身边听个一清二楚。

山，还是普通的山；树，仍是普通的树；合葬的坟墓，也不过水泥地一圈，黄土一丘。但仅往墓前一站，千般嘈杂、万种思想会从脑海中涌现：“五千年，华夏历史随风飘逝，只剩一张白纸；八万里，风云雷电傍谷沉落，太和般的寂静。”走过坟墓，我看看大山，呼吸那里清新的空气，凝神、屏息，默默地数着自己的心跳。本想在山上多留一会儿，可游客催得要命，不得不遗憾下山，去了滴水洞。

“一钩流水一掌山，虎踞龙盘走此间；灵秀聚钟人莫识，石将如锁几重关。”毛氏宗谱上，记载着这首小诗。进洞的路，呈上坡状，右侧是奇岫奇峰，左侧则是湛湛深潭，看上去绿渊清净，波澜不惊。当你左观右赏，步步回头之际，前方或上方，或四面八方，传来《红太阳》的老歌，并配合着毛泽东的讲话录音，歌声忽强忽弱，游客若在其外，宛如其中。

夜幕降临，我站在故居前，留下美好的一瞬。

贺龙湖的欣赏

周末的日子，一个人待在家中看书，看得头有些闷了，好想到外面去走一走、看一看。刚出门，开来一辆摩托，我一招手，搭乘去了洪家关。

在这阴晴不定的天气里，一直没有影响我赏湖的心情。

到了洪家关村，空气清新，芳香醉人！

择一条小径，我漫步走去，心静如径，淡如湖水。我一步步地朝湖走近，湖也一步步向我靠近。走到她的面前，我们像一次美丽的约会，差点拥抱起来。

这湖，叫贺龙湖。

她，住在这里，一点也不孤独，有略带温热的田间小河的涓涓流水，有来来往往的车辆“突突突”地前行，有吊脚楼里发出的桑植民歌声，有红军桥默默地坚守岗位，有一棚一棚的蔬菜在依偎，还有树木葱郁的群山都是她的亲戚……

湖的形状，如一把菜刀。一湖的水，是那么的晶莹，那么的明媚，那么的翠绿！我的眼，挤满了绿绿的颜色！难怪人们说：“湖是最有表情的存在，所有风景中最美！”

我站在她的面前，不知说些什么，也不想说些什么。她看着我，我看着她，面面相觑。突然间，一只白鹤从我面前掠过，飞到“贺龙湖”的石碑边站立。我心想：“齐白石心里原来住满的天使，莫非就在这里？”想着想着，机灵的风把我的肩膀一拍：“喂！那边有垂钓的呢！”

顺着湖堤，我伴着暖暖的阳光，从马一样温驯的柳树中穿过，踩着软绵绵的绿毯，吸着桂花淡淡的香味，靠近了垂钓者。我发现他们，或戴着小帽，或顶着雨伞，或光着头，蹲在那里，钉了一般，一动不动，守着自己那油光发亮的钓竿。等待中，他们沉默如湖，真正露出笑容，是在他们的钓竿有了丝丝的颤抖或鱼儿悬在了半空中。垂钓的他们，即使没有钓上鱼，但，从他们的脸上，也看不出一丝不悦的表情。他们虽然没有钓上鱼，但，钓到了比鱼更加珍贵的东西，那就是鲜花，那就是蓝天白云，那就是逸致和闲情！

这湖水，像一面镜子，映衬着周围花的娴静，映衬着大树小树的倩影，映衬着蓝天和白云……她像摄像机，凡能进入自己视野的，全不放弃，一一镶进自己的怀里。我抬头，望望天；低头，看看湖，感受着，真是美妙惬意！欣赏欣赏，我好想买上一张带回家，可湖的口气比钢还硬："对不起朋友，这用钱是买不到的！"

一会儿，燕子"啾啾啾"地低飞，触到湖水；一会儿，雨"哗哗哗"地下落，吻着湖水。

我边走边吟："水光潋滟晴方好，山色空蒙雨亦奇。"这，真令人叹为观止！

雨，知道万物在这时需要水分和干净，于是不辞辛苦地走遍大地，同时，也赶来这里。它，点在湖面，跳舞一般，碧绿湖面，击破平静。幸亏我当时备有雨具，不然，就无法欣赏雨中的美景。在这时，一向沉默的湖终于张开了嘴，那是她遇上了自己的知音——雨。湖不会普通话，略带地方口音，但，听起来，还是如此的明亮与清脆！从她的话语中，我听明白了贺龙也爱水，小时候，常爱在附近的玉泉河里游泳，还说贺龙曾两把菜刀从这里出发闹过革命……这湖，活像一名讲解员，讲述着这里的历史的博大与精深！

挂在悬崖上的瀑布

一脚踏进风景区，我便隐约地听到“哗啦哗啦”的水流声从远处飘来。我连忙停下脚步，竖耳，寻找，再寻找。在我的行走中，每一步似乎都有她亲切的声音跟随。

这声音，就是芙蓉镇挂在悬崖上的瀑布发出的声响！

这是一种什么样的声音呢？是大地对蓝天的倾诉，还是时空对远古的呼唤？

随一群游客行走，我被拥挤进土司广场。在那里，我仔细地阅读着石碑上一行行的文字。阅读中，那瀑布声如“溪州之战”，发出天地间撼人心魄的奇响！……这里，已有一千多年的历史，公元939年，溪州刺史彭士愁坐镇王村，与楚王马希范发生著名的“溪州之战”后，被朝廷任命为“都誓主”，管辖全国二十个州，地跨当今六个省、市，建立起了自己的王朝……

我还是往前走，青石板上，散落着我匆匆的脚步声。青石板湿淋淋的，光滑而油亮。我踩着石板一步步地往下移，渐渐地靠近了半山腰的瀑布，瀑布的声响越来越大了。温暖的阳光照在调皮的水珠上，泛起了耀眼的光芒。她的声音，惹开了花朵，逗乐了芦苇，催出了鸟鸣。这时，瀑布如雨雾一般腾空而上，随风飘飞！美丽的瀑布声震耳欲聋，难怪有诗赞曰：“动地惊天响如雷，凭空飞坠雪千堆，银河浩瀚从天落，万斛珍珠处处飞。”我正准备用笔记下这诗词，站在我旁边的一位美女导游用喇叭告诉我们："这里，曾拍摄过《芙蓉镇》的电影；刘晓庆曾在这镇上吃过的米豆腐，就是这瀑布水揉成的；瀑布的对面就是著名歌唱家宋祖英的家乡！"站在这里的我，微风不时吻着我的脸，瀑布的清凉爽着我的身，我真的不想离开，每个细胞都充满了活力，我的心醉了！

再往下走，走在了瀑布的脚下，容纳千人的大洞出现了。这洞是早期土人居住的遗址。很久很久以前，为避秦朝战乱，人们一路沿沅江涉水而上，历经千辛万苦，来到这石洞边歇息。久居这里的他们，为方便当时的生活，合力开凿了这条古栈道。当我行走在这条古栈道上，悬崖上飘下来的瀑布腾出一个空间让游人行走着。路上的鹅卵石，按摩一般地抚摸着行走人的脚。细小白梅一般晶莹而透明的雨花，一次又一次地沐浴着我，我恨不得在那里站上一辈子！行走中，我想，在浮躁的当今，这瀑布仍能抱一腔清流，守住几座青山，真了不起！

走出栈道，我抬头朝石壁上一望，发现"悬流百尺挂珠帘，水衣岩廊径可穿；隔岸不杰春水流，相好度出洞中天"一排文字，显得多么苍劲有力！这，也是绝妙美文！

我凝视着这不停飞泻的瀑布，不由得想知道她将流向何方？一会儿，她汇入了宽阔的酉水河。在绿茵茵的河面上，无数只小船游动着。这条河，原是湘西的重要门户，上通四川、贵州，下达洞庭，自古为永顺通商的黄金口岸。酉水号子，唱到"四十八站到云南、四十八站到长安"。面前的酉水，连接古代西北、西南，还可通过沅水、长江、大运河将金丝楠木运至北京修建故宫、十三陵，再经上海、广州等沿海口岸，将桐油、茶油运出口，回头将一些洋货运进云贵川鄂……是的，这瀑布的心很野，谁都阻挡不了她前进的决心，她的梦是不汇入大海绝不停歇。

晚上，我枕着瀑布入眠，仿佛听到瀑布与月光的对话，与大地的呢喃，与过路人的悄悄话，我无法睡下去，只好爬起床，推开窗，让美丽的夜景衬托窗框。我坐在这吊脚楼的藤椅上，醉在了交融在月光和灯光下的瀑布中……

三撼冲天溪

车子快到冲天溪村时，我不再想什么了，也不敢东张西望，因为我怕辜负了眼前的美景，也怕对不住我自己。

坐车入村，只见“冲天溪”这醒目的红字，镌刻在一块光滑而又高大的石头上，令人过目不忘。车子仍在前行，眼前却如中了遁术一般，浮现出“冲天溪”三个字的幻影。车身起伏，我下意识地立即捂住心脏，好像一不小心它就会蹦出来。

冲天溪，挂在天耳边的一条溪，蜿蜒而下！

目睹此景，我的心灵受到极大的震撼！

冲天溪，在湖南桑植的廖家村镇，前人用一条小溪的名字，给这个山村命名，代表着山里人的刚毅，象征着山里人的豪迈！

这溪里的水，一年四季都不会干涸。小流域土地整治项目，让溪水变得缓流而温顺，再也不践踏这里的庄稼。微风一吹，溪面泛起阵阵涟漪。它们经过雨润的静养，呈现出一潭又一潭的经典绿色。我饶有兴致地站在溪岸上，情不自禁地欣赏起眼前的风景。看，一群群的小鸟，忽然从我的不远处飞过，叽叽喳喳，齐飞宽阔的溪流的对岸；一条条鱼儿在水里游来游去，忽而跃出水面，自由自在；几只鸭子欢快而漫不经心地此起彼伏地发出“嘎嘎嘎……”的叫声，悠闲惬意；溪面上，还有几只小船在水面上悠悠地划行，不时还有歌声陪伴，它们优哉游哉的日子真令人羡慕；一排排柳树和松柏树错落有致地站在溪水的两旁，勾勒出一幅幅生意盎然的画卷，它们如亭亭玉立的姑娘比美般，溪水看到这一幕幕，也禁不住赞叹！

冲天溪，醉人心田的不仅有秀水，还有一看就想跪下来的青山。

这里的山，称美女山。一眼望去，像一尊尊丰满的乳房，性感、挺拔、迷人、醉心……哦，它们岂不是在与幽静的山涧比美吗？这，恐怕也是人们爱来这里的缘由吧？难怪有人说："很久以前，从外地来的一个小伙恋上这山，便一次又一次猴子般地爬到山顶上，一坐就是好几个钟头。后来，他索性在这山里搭上一个小屋，住了下来……"

冲天溪，竟让人如此留恋！

深山林间，走来一位老奶奶。她，银发苍苍，却梳理得利利索索。她拄着拐棍，操着一口浓浓的乡音，清脆地说："你，从哪里来呀？别看咱村是一个旮旯村，可她的来头很大呢。这村子，还是省里美丽的新农村……"

我在心底思索："冲天溪，当真这么霸气吗？"

随着她的指引，深一脚，浅一脚，有说有笑，我们来到千亩土地流转基地。土垅交错，整齐有序。而这，又是一次心灵的震撼！

我赶快掏出手机，从多个角度拍了几张照片，迅速地通过微信传播，没想到，这像是头条新闻般的刺激，很快就被朋友们转载和频频点赞，纷纷询问这是在哪里，这冲天溪，在震撼我的同时，也震撼了我的朋友。

虽然，我也是山里人，耕种过多多少少的梯田小块，却从没见过如此大规模的土地风景。放眼望去，各式各样的蔬菜，齐刷刷地布满田野。一棚又一棚的菜苗，像一个个愣头愣脑的小子。叶尖上，挂着晶莹剔透的水珠，我似乎听到了它们"滋滋滋"的生长声。这时，一位菜农老大爷走近我，他乐呵呵地说："这菜啊，可带劲了，一天一个样！

过了今晚，明天再看，又会长高一大截。”听着听着，我的脸上也露出了喜悦！老人还说：“这里，可是一片净土啊！这地啊，好多的农家肥都埋在地下，而且，靠啥子生物农药，再也不用毒性的农药啦。这菜，吃起来，香脆脆的、甜丝丝的，你们城里人只管放心吃。”

现已如斯，往昔勿忘。过去，这里“面朝黄土背朝天”的村里人，种种田，耕耕地，下下秧苗，锄锄杂草，看起来，不是很忙碌，实际上，累得要命。累只是一方面，有时，遇上光景不好，一年到头，还要亏损。村民们过日子，两眼紧盯的是秤砣，秤砣一沉，整个心也跟着往下沉了。而今，实行规模化的种植，村民们的日子好过多了，他们坐在家中都能赚钱。闲暇时，还可以在村子里和镇上打打小工呢！坐在屋门口的张伯，跷着二郎腿，娴熟地点上旱烟，吧嗒吧嗒地抽着，一脸的喜色，说：“桑植民歌里唱的‘活神仙’，估计过的就是这种舒坦的日子吧？”

如今，这地，活了。人，也“活”了。人“活”了，想法也就慢慢多了起来。这村里，大鲵养殖基地也建了起来，突出“工农一体化”的经营模式，盘活了村子里的集体经济。

有了钱，冲天溪人自然就和以前大不一样了。设计新颖的砖房，像林子一样快速成长，一栋栋，漂亮、大方、宽敞，把整个村子都装扮得秀丽无比。行走中，一位热情的村民拉着我的手：“走，到我家坐一坐，喝杯茶去！”在他的带领下，我发现公路两边到处悬挂着“村庄是我家，卫生靠大家”的标语，农户家大都贴上了“清洁”的字样。这里污染少了，空气清新多了！一些房屋的门前，停的大车小车像模像样；窗台的衣架上，挂满了亮色的衣裳；墙壁上，结满了绿绿的丝瓜；竹竿上，吊满了弯如月牙的豆荚；凉台上，开满了五颜六色的鲜花。这山村，多么幽美、多么恬静、多么清雅！

流连之际，村支书兴冲冲地跑过来："冲天溪，变化可大啦！这里，家家户户都有了自来水"。原来，冲天溪有一个大泉洞。洞内，可置几张桌子。洞口的瀑布，有的飞流直下，有的一波三折，有的如帘似幕疾垂而落，有的像雪花四处飞溅，有的像女人的秀发飘然而至。一逢夏日，乘凉的，不约而同地相聚这岩洞。在这里，垂钓，画画，说说笑话，拉拉家常，这里俨然人们的天然"快乐大本营"。这里的村支"两委"将洞内的水引进了村民家里，村民们都喝上了干干净净的"神仙水"。

我不禁再一震：冲天溪，你真的变了！

这冲天溪，一到晚上，像西江的千户苗寨，灯光如一串串玛瑙！村里的水泥路边，路灯一盏挨着一盏，农户的房前屋后都安装了大灯和小灯，整个村子亮亮堂堂，老远望去，如镶嵌在山林里的一颗颗璀璨的夜明珠！

冲天溪的夜，一点也不冷清。村民们几口饭一扒，饭碗一扔，三步并作两步，一个个从家里奔到水泥塔上唱起桑植民歌，跳起民族舞蹈。他们唱的是"春季花儿开，花开是一朵来，一对那地个阳雀儿呦嗬嗬，飞呀过的山儿来，飞呀啧啧啧飞呀啧啧啧，飞过山来看哪，满山那个桃花儿开呀……"跳的是"我向你走来，你向我走来已经很久了，虽然，我们相会之前，谁也不知道对方的存在……"唱啊唱，跳啊跳，不到几分钟，横队、纵队、圈子队，男队、女队、男女混合队在美丽的歌舞声中诞生。从城里赶来的我们也自然加入他们的队伍，一起沐浴在纯净的大自然里，沉浸在迷人的山水中，大家自由地跳，狂欢地跳，跳出了激情，也跳出了一片又一片的欢声笑语！

冲天溪，明天的你，又会给我们带来怎样的内心震撼呢？

远方的家

我们不带任何礼物，只带上一份美好的心情，去了一趟远方的家。

远方的家，在张家界市永定区尹家溪镇瓦窑岗村。她，久负盛名，只是电视上的画面不能令人身临其境。于是，我们迫切地想去那里感受一番。

车子不紧不慢地跑在村道上，村庄不奢不华地浮现出来，零星的几户人家的屋顶上冒起了缕缕的炊烟。车内一个人轻轻地哼了起来："炊烟升起，空气干净，村庄里的炊烟，你准备去哪里？……"

我们要去的地方，就是远方的家！

刚入门口，迎宾鼓就咚咚地响了起来。鼓声如雨声，密密麻麻的，其节奏是如此欢快，调子是如此新鲜，声音是如此响亮，像是敲在人身体的骨头上的，轻松而自在。我们踩着有趣的鼓声轻盈地往前走，不知不觉中，他们又表演起了当地的拦门酒的节目。笑得如山茶花一样的美女们给我们送上一丝丝的微笑，同时也递上了美酒。端上这美酒，如端上了一份份的盛情。我们一饮而尽之后的感觉是凉爽，是热辣，是清醇。一阵欢乐过后，一位姑娘走近我们，指着远方的家的门边对联念了起来："青山濒翠笑迎天下客，绿水放歌宾至远方家"。她的声音是那么的甜，令人难忘。她走前面，我们走在后面，渐渐地，上了风雨桥。

家是避风的港湾，桥是可以做证的。经过风雨洗涤的桥，已无当年新修的模样，只有岁月的青苔，还有一些细小的裂纹。正所谓"年年岁岁花相似，岁岁年年人不同”。这座桥，有太多人的足迹，许多游子走过这座桥而回到了家。伫立桥上，没有风惊扰这里的宁静。小桥、流水、人家，勾勒出中国水墨画的素雅和青白。“你站在桥上看风景，看风景的人在楼上看你”的感觉岂不是来自这里吗？桥上，摆有一张四方桌，一本《瓦尔登湖》放在桌子上。我随手一翻，竟看到：“我们每天应该从远方、奇遇、危险和发现中，带着新经验和新性格回家！”

家门口的一条小溪总以乐观的态度流动着。它汇聚成潭。潭水边，阳光融在干净的空气里。绿柳垂岸。柳树从不随便走动，扎根这里已经几十年了，见证了这里潭水的历史，也见证了这里村庄的历史。她把潭水当作一块镜子，照照，欣赏着自己的打扮。秀长的辫子在潭水中不停地梳理。恋上这潭水，还有竹林、小船。绿潭边，一个老头儿点着一支烟，面对潭水，像面对自己的人生，心静如水，悠闲垂钓！

我们去草坪玩。草坪在屋后，像大大的篮球场。细绒绒的草点缀了这个坪。我们来到这里，幽香扑鼻，泉水发出了浅浅的叮咚声，村庄的景致尽收眼底，我实在是无法形容所见的一切。总而言之，这之后，我再也不佩服其他村庄的风景了。大人小孩们在这里晒着太阳，跳绳，踢毽子，打羽毛球。这里长有两棵又高又大的椿树，其中一棵树上筑有鸟巢。窝里不时有鸟叫的声音。一只鸟飞了出来，飞翔的时候，勾起了我无限的想象，也给这草坪平添了美丽的情调。鸟是一种富有诗意的生命栖居。它像人们一样也喜欢这里，还在这里成立了一个“办事处”。

玩累了，去茶吧喝喝茶，聊聊天，也是挺舒服的。竹林边，小木屋的门上，挂有一块船儿形状的小木牌。木牌上，刻着“若知其味，便来品茶”的文字。我们来到这里，不禁感叹这儿竟有如此美丽的环境。这里的木凳，还有余温。细茶泡入水中，颜色碧莹莹的。秀长的茶叶，透着草香。凳上小坐，即便碰上陌生人，即刻也像一家人。

喝完茶，中餐拉开序幕。老远，我们就闻到了一股股的腊肉和葱的味道。美丽的姑娘微笑地带着我们来到火坑屋里。炕架上，挂满了腊肉和野味，它们被熏得直滴油。炉锅里煮的是鸡蛋，火坑里烤的是糯米粑，桌子上摆的是水果、糖果和瓜子。这里的白米饭、玉米饭，全用柴火煮成。屋后的阶沿上，到处堆放着比人高的锯好劈好的木柴。做菜的时候，伸手选割炕架上的肉，马上可以做。如需吃烤全羊的话，烤羊的技术出在他们手上。锅中即使烧了油，跑到屋边扯把菜都来得及。屋前屋后，到处是竹篱笆围成的菜园。菜园里，关着满满的绿色，可菜门一天到晚敞开着，允许你去扯，看上什么菜可以扯什么菜。吃饭的时候，许多面孔相聚一起，许多经历聚会一起。姑娘们紧紧地围在一起，敬酒，唱山歌，敬唱得我们开怀大笑！

我们的饭还没吃完，可隐约听到那边歌厅里传出了歌声："常回家看看，回家看看……"

旮旯沟

——一个夏天游泳的最佳去处

如果你在热天里想出门游游泳，我可以告诉你一个最佳的去处，那就是桑植县洪家关白族乡胜龙村的旮旯沟!

这地方，现在没有开发，不需门票，但，并不意味今后不开发。因为，一到热天，人们不带任何礼物就带一份好端端的心情挤满那个并不出名的小山沟。

我们从洪家关街上出发，一路上，看到村庄许许多多的优点，竹与树渐密，沉甸甸的稻子笑出一片又一片的金黄……村道如一条蛇，弯来弯去，弯到一个叫旮旯沟的地方就不愿动了。我们的车子也只好听从这条路的安排，停在一个别具特色的农家乐门口的水泥场子上。

我们迫不及待地要走进旮旯沟，走向潭，走向滩……

“吃烧烤吗？有火腿肠、牛肉串、茄子……”她们的声音似蜜般的甜。我们毫不选择地买上一些，吃在嘴里，香在心里!

突然间，我们听到轰隆隆的瀑声时，抬头一看，一条白练从石崖上飞流直下。这里，叫悬崖潭。一些人正打着赤膊、穿着短裤从高处猛地下跳，水花四溅，潭水中的他们游来游去，又从潭水中爬上岸继续往下跳。他们的跳，让我立即想起了泰戈尔的话：“外在的世界的运动无穷无尽……”

美女滩出现了。这滩也很奇怪，水光浮翠，树木倒影。一堆堆的美女聚在那儿，她们感受到这里是最美好、最温暖、最纯洁、最鼓舞人心的相处。她们与自然的相处，哪怕心中再忧郁也会在这时抛向九霄云外。她们在水中游动的雪白的大腿给人感觉是如苹果如桃子如杏树的花朵芬芳飘逸。她们掬起一捧水向天空尽情地抛洒，让我们领略到她们的洒脱、无拘与自由。滩中的她们，确实逗开了我们心里的微笑。

赏完美女滩，我们该去凉风洞了。凉风洞，它的存在价值在夏天里更能展现。它，高大、深邃，洞口可坐百余人。听人说，自古以来，这洞就冒有凉风。我们在地上捡上一根羽毛试之，羽毛扶摇上举，也上天了。坐在洞口的我们观赏着洞边的游泳人：他们的姿势各异，他们嬉戏打闹，他们趣乐无穷。观赏中，凉风贯穿我们的全身，我们感受到了大自然的纯净与恩赐，就像太阳和雨露一样持续不断地给人类送来健康与快乐。

灵魂永远不会满足于当前，它一直在不断地追求一种完美的境界！

歇息之后，我们又走进绿茵滩。绿茵滩，不知是谁的精心打造？滩边，长满芦苇和青草。芦苇在四周，青草在中间。芦苇如墙，青草如毯。满滩的芦苇在风的吹拂下摇曳。这滩里，也有不少人在尽情游泳，欣赏蓝天、白云。同去的一位朋友见此景致，情不自禁地朗诵起一位诗人的诗句："清凉的滩水从腿上流过沁入我的五脏；满眼青白相间的涟漪起伏闪动着光芒，鹅卵石在脚底脚背不停滑动如同搔痒，青荇在水中摇晃柔软缠绵如你的唇上……"

走出旮旯沟，我们的心里一直在默默地想："旮旯沟，明天，我们还会来！"

狗儿滩漂流

朋友，你老早就说趁天热的时候到桑植玩一玩的，可是，到了今天怎还不见你的人影呢！来吧，你只管来，我一直在等着你，耐心地等着你，等得我的心几乎痛了起来！

来，桑植山清水秀，保你不虚此行。如诗一般，“你来，风雨无阻我去接你。”如果你到的那天，我亲自陪不成你，还是建议你一个人到廖家村的狗儿滩（即澧水南源那边）漂漂流。狗儿滩是一个美丽的地方。那里，距桑植县城又不是很远，顶多也就个把钟头的车程。热天里，在那里漂流，真是一种很不错的选择，让你会完完全全忘掉外面世界的燥热，消除浮躁，丢掉烦恼，给你的是意想不到的快乐！

一路上，树木苍翠，风光旖旎。村民沿路居住的一栋栋小洋房像站岗的哨兵，不动声色，美丽挺拔。一到狗儿滩，这条河就像一条甩不断的绿色缎带映入你的眼帘，它是由上而下不停地蠕动着，蠕动着。

这里的姑娘知道你来，妆早已化好，队早已排好，苞谷酒早已准备好。你喝酒，她们就唱歌。一句句桑植民歌甩出来：“哎哟，我的哥哥，我的姐姐哎……”唱得人心痒痒；那一大碗一大碗香醇不醉人的苞谷酒递到你的手上，喝得你特别开心！

等你还没搭话，漂亮的姑娘们微笑地拉着你的手，带你去买票，叫你去换衣，邀你上皮筏！

热情似火！

皮筏上，如品酒一般，摇晃不定。

这摇晃，如摇篮一般，不用怕，不用慌，你就当自己是个三岁的孩子，用一双纯净的双眼，感受摇篮外的万千世界。摇晃，让你读懂了这里的青山绿水！

看，一座石拱桥上站满了人。他们欣赏你，你也欣赏他们。听，天空中的白鹤一掠而过，叫出了美丽的声音。一群群野鸭子，不知从哪个地方钻出来，自由自在地游到河中央，叽叽嘎嘎，生怕你听不见，努力地向你靠近。这，高兴的是远离喧嚣，洗涤着浮躁人的心，赋予人们的是清静、凉爽和兴奋！

一路漂来，绿水荡波。

当你控制不住自己的情绪时，也可猛地跳下水与河水来个缠绵的亲吻，来个激情的拥抱，体验河水的清亮与温柔，体验天空的湛蓝与明净。漂流中，河道弯弯，浪花飞溅。你能感受到狗儿滩的刺激、猴子滩的搏击、鬼谷滩的汹涌与神奇！当一浪高过一浪，一险连着一险，尖叫接着尖叫，幸福的尖叫声就自然而然地填满了山谷。人生何尝不是如此呢？虽说“平平淡淡才是真”，但，经历风浪的洗礼更具价值和意义。纯净的河水，冲刷了往日的尘粒，惊险地狂叫，驱除了日常的虚伪。在多人的配合下，合力形成，跌跌撞撞地前行，出现的是柳暗花明又一景！

漂流，更多的就是寻找刺激。在这里漂流，除了险滩的乐趣，打水仗也算是漂流中不可或缺的游戏。你若想安安静静地坐在皮筏上，衣服不湿绝不可能。在皮筏上，你就是再老实再本分不惹他们，另一只皮筏只要稍稍靠近，水枪就毫无商量地响起，水也没有商量地冲击。他们给你射水，你可不要回避，要像战场上的士兵一样猛力回击。欢声笑语，山林见证。究竟谁输谁赢，还得看一条皮筏上的战斗力！这，就是幸福和快乐，常常在人最不经意间来到你的身边。水仗打过之后，大家又如同亲人！

一次漂流虽是短暂的，但，带给人的快乐是长久的。

第三辑

生活中的人物

印象郭红艳

好久没写人物散文，也有点儿不愿意写的感觉，但碰上郭红艳这个挺有个性的文友，脑壳中，突然又浮出写一写的念头。我非得写写她不可。因为，她活跃：活跃的文字，活跃的歌，活跃的酒。

小郭，今年三十岁。她进入我的瞳孔与心灵，按时间推算，那就是在上周一个晴雨相加的日子里。上周，咱们因为一次文学的笔会相聚在武陵源。这个笔会是全市组织的，规模不小，男女老少加起来八十多人。郭红艳参加了，我也去了。桑植去的男的有两小车，女的就是她和芙蓉两个。

笔会上，不知怎么，听到刚调进市日报社的俊德一声“哈哈”。他的“哈哈”中，渗透着小郭散文的气息。他说她的散文写得好，写出了味道。听俊德这样一说，大家对小郭的目光更多，当然是一种认同与希望。心想，桑植又出才女了！笔会中，大家除非不照相，一照，郭红艳就成为大家的“焦点”人物，左一张、右一张地拍起来。她一直站在中间，笑得甜甜的。

笔会期间，我们游宝峰湖，游玩了十里画廊，宁静而热闹的村庄，还观看了一场吓得出冷汗的气功表演。笔会是在一个山沟沟的酒店散场。在小沟沟里，晚餐有夕阳陪着。宁静的山沟，遇上我们一群文友，不是整个山沟热闹，而是整座山热闹。

回桑植以后，因为文字，我们聊了起来。一个晚上，她跟我说：

"谢大哥，我笔会的文章已写好，发给你，能帮我看一看吗？"声音中，含着轻微的笑。说实在的，当晚，我看书太累，没有及时打开电脑阅读，心里实在有点儿过意不去。因为，一个爱好文学者，诞生一篇文章的感觉是可想而知的。次日清晨，我一口气阅读完她的文章。在阅读的过程中，暗自欣喜："这片圣湖，狭长中见空旷，是湖中有岛，岛中有湖，湖环岛，岛环湖，湖中五光十色，船行之处，隐约可见岸边有古藤垂落水中和摇曳山花的缤纷落红。说实话，我这次游湖的兴致不是很高的，因为，前些天患重感冒未愈，头一直晕。可见此美景，心情竟然也有些豁然起来。"这篇文章的题目，叫《圣湖上的歌》。此文，抛弃一些小女人气的文字，从头到脚，读她的文字，如阅读美丽的风景。这都有情感的渗透，好有画面感的文字中，写出了感觉，正如著名作家刘亮程给我谈写作时说的要跟着感觉走！小郭的文字，找到了感觉，写出了韵味，写出了哲思。与她的交流中，我听到她一句谦虚的话，你只要不把我的文字说得一无用处，我都不会把那笔杆扔掉。我想，小郭既然找到了写文章的感觉，并能用心灵的声音表现出来，她的文字会渐渐地令更多的读者喜欢。

她的歌，其实也像她的文字一样，真切、感人；如她喝酒一样豪放而热情。她对我说，作为一个业余的作者，不能完全让自己沉寂在文字中，也得学会给心灵放放假，注意劳逸结合，如散散步，唱唱歌，跳跳舞，你就是不会唱，到歌厅坐一坐，也是一种享受。她的歌，虽没有经过专门训练，但颇具灵性。一个晚上，我陪几个朋友听她的歌。开始，我认为她平常喜欢喝酒，嗓子不怎么样，哪晓得她一曲《月亮花儿开》出来，掌声四起。听着听着，人们已云里雾里，都快飘起来，我也好像身临其境，仿佛见到蓝蓝的天空中一个圣洁的月亮，照在人们的胸膛，照亮人们的脸庞。听完一曲，大家掌声再请她来一曲。她唱得一曲比一曲动听。那感觉不是她在唱，而是歌唱家在唱。那歌，醉你，又醉我。歌厅走出来，我的脑壳中荡漾的还是她那美丽的歌声。

小郭，能文，能酒，能歌。

桑植男人

男人不坏，女人不爱。桑植的男人不坏，但，人见人爱。

烟是桑植男人的命根子。贺龙元帅，桑植的，他是一个典型的抽烟人，你上天子山，在他的铜像前，可见到那根手杆子粗的烟斗。你跑到乡村房屋的角落里，可见屋子里吊着的烟斗。长的，丈多；短的，寸长；粗的，似吹火筒；细的，似纸烟。在桑植，他们的见面礼，就是一支烟。不管你抽还是不抽，都得摸出一支烟递给你，哪怕自己只剩一支烟，即使自己不抽也得让给你。很多人知道，桑植男人的许多友谊，常从一支烟里燃起：以烟为媒，事则好办；谈得合口，感情永远；所有不悦，烟到解除；肚子不舒，吸烟化解；情人远离，郁郁不欢，吸一支烟，马上消解。他们抽烟，轻松、洒脱、自然，气努力地往嘴里吸，烟雾拼命从鼻孔中冒。烟雾，绽放出一朵、两朵、三朵以至无穷的花儿。那烟雾，飘、旋、钻，擦蓝天空，熏黑手指。这里好多女人，素不沾烟，因靠桑植男人近了、多了、久了，不知不觉，燃起烟来，不时还跷起二郎腿吧嗒吧嗒地抽，恰似一幅刚完成的美丽图画。

除了烟，他们还爱喝酒。假如哪餐没酒，他们的心就痒起来，溶起来，痛起来。他们喝酒，不在乎场合，山里喝，田埂边喝，就着火坑喝，围着火锅喝。不管菜的优劣，端出一碟豆儿或摆上一盘鱼儿或嚼上一根辣椒，都要喝点酒，独喝，对喝，合喝，喝桑植的苞谷烧，品桑植的高粱酒。他们喝酒，酌小杯，倒大杯，觉得不过瘾，用碗、端钵，喝着喝着，不过瘾，拖出酒瓶、酒壶、酒鼓，抱着喝，他们恨不得泡到酒缸里去。独喝，左手敬右手，右手敬左手，自由自在，无拘无束；对喝，有商有量；合喝，喝的不是酒，是时间，是友谊，是感情，是义气。轮流喝，一滴不许漏。喝的动作，多人监督；品的表情，满桌欣赏。你不喝也得喝，中途，如果你想找借口溜走，就绝对不允许，怕你悄悄地吐掉，浪费粮食，怕再找你困难，耽误品酒的时间。喝着喝着，你的脸，尽管喝成桃花，可你还得喝。

除了抽烟、喝酒外，桑植男人还爱唱歌。在桑植这地方，民歌多如牛毛。只要你来到桑植，就有这里的民歌等你、接你、送你。这里的民歌，沉淀了几千年。如“马桑树儿搭灯台、棒棒捶到岩头上……”歌声，如这里的酒，醉人；像这里的女人，迷人。这里的男人一唱，会把你的心拉在一块儿，叠在一起。一到天黑，桑植民歌广场。这广场跳成的舞蹈，像花，像河，像巨龙，挤满了唱歌的，洋溢蓬勃的野性，把生命尽力推到极致。桑植男人的歌，独特。你坐在车上，无意中，会听到桑植男人哼上一声，听起来，好舒服；吃饭的时候，桑植男人唱上一曲，吃饭的人会多添一碗饭。桑植男人的歌声，不仅在桑植的山山寨寨流淌，而且走进了绚丽多彩的波兰。

桑植男人，真诚、豪爽、洒脱。

桑植一朵花

有人说，“要看乖丫头到桑植去!”这话，一点儿不假。

桑植，一个青山绿水的地方。美丽的山水，养育了许多活灵活现的姑娘。她们如鲜花一样温馨而芳香。生长在花丛中的娜娜，身高一米六八，身材凹凸有致。

她，亮得如金钥匙的一双眼睛，不时地闪烁出思想的火花。她的语言，触动人的灵魂；她的漂亮，拉直人的眼神。

她姓向，名娜。一个典型的土家族姑娘。不知怎么，后来，人们习惯亲切地叫她娜娜。

大学毕业，她没有被繁华的都市诱惑，却拎上一口磨卷边儿的皮箱，带着奖励似的微笑，咯咯地上了路，回到养育自己的家乡。

她是桑植官地坪人。官地坪的人说话，方言远近闻名，但从娜娜的嘴中流出的话，却一点也感觉不出一丝方言的夹杂，尤其是出现在电视荧屏上的她，那普通话，从丹田流出，字正腔圆，朴实而明朗。

她从大山走出来，能当上电视节目的主播，确实不错。在她挎着书包上学的日子里，经常天刚蒙蒙亮就跑出屋外，择一块僻静地，机械地重复着普通话的音调，虽然枯燥，她却练得格外投入。有时，她骑一辆破旧的自行车，上路，迎着徐徐的山风，飘逸着如柳条一样的长发，一个劲地驶入自己的心灵港湾。支稳车，觅上一个合适的草地。站着，伸伸腰，甩甩手，哈哈气，仰望能包容一切的天空，细听山风摇动绿叶的声响。然后，忘掉一切，对着连绵起伏的群山，用普通话尽情地吟诵大自然的精深与博大。

播音这个舞台，如她的人生舞台。自从她登上之后，总用一种乐观的态度面对生活，用微笑去寻找自己给予观众的印象。她知道，一副毫无表情的面孔出现在人们面前，空洞会掠去人们阅读与倾听的兴趣。因此，她将自己漫无目的的散步也当成一种笑的训练。一个人，设若走在安静的路上或者行在热闹的街道上，脸上不时会露出一个浅浅的酒窝。她从穿衣镜前经过，对自己不同的笑容，进行合理、客观、公正的评价，然后，挑选出自己满意的角色，反复扮演。功夫在诗外，而今，她在电视荧屏上展示的笑，正如一篇灵魂亲不够的作品，自然而具有扎实的生活内涵，观众认为她已把真诚捧了出来。

她一肩挑着播音，一肩扛着采访。经常是采访结束，自己立马写稿；写稿结束，还要制作；制作结束，还要播音。这，成了她工作的一条龙。她曾当着我说，前年能闻到雪花味道的一天，她到白石乡采访。当她一到白石的街上，雨“哗哗”地下起来，风呼呼地吹来，几乎把小树的身子扯倒。她急着去采访，朋友猛地一把扯住了她：“别去，娜娜！……”话还没落音，她冲进雨中，奔跑着，雨伞被扭得前俯后仰。跑啊跑，她不慎踩上一个掩饰的水凼，满凼的泥水溅在她的身上，给她的衣服和脸化上极为难看的浓妆，但她终于走进要采访的农户之家。采访结束，烟农一把拉着她的手，要她到屋里烤烤火在山里宿一晚，她不肯，说要写稿，说无论如何都得回家。返家的路上，倾盆的大雨已把山路泻得泥泞。车子行在山路上，东一颠，西一簸，往窗外看都不敢看。

回到城里，连一口饭也顾不上往嘴里扒的她，如兔子一般跳进办公室，拉开灯，打开电脑，坐在书桌边，发出一声又一声的“咔嚓咔嚓”。她常常是这样，在新闻播出的前一刻，才把本期的新闻上镜。

听着她的声音，想着她的形象，细品她的笑脸，美丽而动人，如三月的山茶花。

桑植有个“宋祖英”

“小背篓圆溜溜，歌声中妈妈把我背下了吊脚楼……”

一曲宋祖英唱红的《小背篓》在桑植县城的大街小巷飘荡回旋，音色优美、歌喉圆润，人们以为著名歌唱家宋祖英来了。其实，唱这首歌的歌手是桑植县机关幼儿园的年轻教师唐桂珍。

唐桂珍出生于桑植澧源镇仙鹅村。小时候，她喜欢听歌、唱歌，看别人拉二胡、吹唢呐、弹风琴，常为听一曲宋祖英的歌，到处借磁带找录音机，有次她为借不到录音机还大哭一场。上中学后，她最爱上的是音乐课。学习之余，她就唱歌。学校里的师生们常能听到她的歌声。放假了，她就跑到河边对着大山练嗓子，一练就是几个钟头。她对唱歌热爱到一定程度，若干次在梦中与宋祖英相见，与宋祖英一起谈笑、唱歌。后来，她了解到宋祖英是湘西古丈人后，更加坚定走自己的音乐之路。1994 年，她以优异的成绩考上常德艺术学校。

唐桂珍走进艺术学校，希望和理想更坚强。尽管她的歌声开始没引起老师的注意，可她耐得住寂寞。上小学二年级时，一次音乐测试，她的一曲《好日子》刚开腔，下面的巴掌就拍了起来，几十双眼睛久久地注视着她。从此之后，她成了学校重点培养的对象。

实习经历令唐桂珍终生难忘，她进饭店洗过碗筷，拖过地板，老板见她好使，便把轻活儿重活儿都安排给她，但她未干上一月就甩掉这每月 250 元的苦差，被一个同学引荐进一家歌舞厅。后来，为多挣几个钱，她每晚至少要跑三四个歌舞厅，每厅至少唱一首歌。这些时间，她得到了比金钱更重要的东西，那就是音乐实践。

她参加桑植县教师招聘考试并被录取，先后到偏僻的苦竹坪乡中心小学、河口乡塘坊村小、芭茅溪乡中心小学工作过。她到哪里，歌声就到哪里。她先后代表苦竹坪、河口学校参加全县文艺会演均获一等奖。不久，她被调进县机关幼儿园工作。渐渐地，她的歌声在大小活动中出现，声音越来越甜。

王家坪女人

王家坪女人不一般。

这样的说法，并非无稽之谈。倘若有一天，你有机会来到张家界市永定区王家坪镇女人的身边，真正了解了她们，你就能体会到她们生命的价值与意义。

那里，山清水秀、景色迷人；那里，比景美的是酒，比酒美的是人。

笔会中，我们从帐篷里陆陆续续地钻出来，准备起程欣赏另一处风景，只见当地一位漂亮的女人匆匆地走向我们，我们以为她是想搭乘便车去哪里，哪晓得她高举一张百元大钞，操着浓浓的王家坪口音，喊道："喂，喂，哪个丢了钱呢？这是我刚才在帐篷里清扫垃圾时捡到的……"就这，王家坪女人，像一颗晶莹剔透的宝石，深深地镶嵌在我的记忆里。

这里的女人，她们看你时，只要你敢正视她们的眼睛，就会发现那双明眸深不见底，折射着水晶般的明亮，你会不由自主地被那双眼所吸引，所迷醉，所融化。她们展现的是"清水出芙蓉，天然去雕饰"的美丽，从来不给自己脸上涂脂搽粉，但，脸蛋透着红润，嘴边泛着自然的微笑，着实令人耐看。就这，不知曾令多少的男子往这里跑，令多少的女子为之妒羡。

王家坪女人，走起路来，快步如飞；干起活来，麻利干脆。这里的女人，日出而作，日落而息。如果男人外出打工，她们就成为家里的顶梁柱，毫不犹豫地挑起种稻谷、栽红薯等农活的重担。每逢插秧季节，她们光着双脚，毫不顾忌地踩在凉津津的水田中，弯着腰，左摇右摆，熟练地插着嫩绿的秧苗。她们插秧，不纵横拉线，但，插出来的秧苗笔直成行。这就是她们多年练就的插秧功底。秋收时节，锃亮的镰刀在她们的手中挥舞，“咔嚓咔嚓”地割着一片片金灿灿、沉甸甸的稻谷，然后，似蚂蚁搬家，扛着扁担或背着背篓，一筐筐或一背背地往家运送，穿行如梭的倩影在不规则的田边的山路上点缀着。行走中，一颗颗珍珠般的汗水，汇成一条条的细流，顺着她们红润的脸颊往下滴，但，她们心里充满喜悦。瞧着她们的身影，村里的老人啧啧称赞：“不错，还是这帮女人行!”

艰苦的年代，王家坪女人自己吃着苞谷碎，白米饭留给老人吃，让给孩子吃，攒给自己的男人吃。平日里，家里来了客人，她们毫不吝啬地取下炕上的腊肉，宰上家养的土鸡，给客人做上热气腾腾的火锅，有的还跑到溪沟里为客人捞虾抓鱼。可是，等到开饭的时候，她们却不上桌，就是客人再三招呼，也不肯，一直等到客人吃完以后，她们才简简单单地扒上几口剩饭剩菜。门前屋后的果子熟了，她们叫客人摘；地里花生胖了，她们叫客人刨；西瓜甜了，她们叫客人采。反正，只要有好吃的，有多少就拿多少。说起来，人们还不会相信，讨米要粮的陌生人到了这里，她们不仅不嫌弃，反而给他们钱，给他们吃，留他们住。讨米人临走时，不无感激地作揖：“你家积德的，一定添子添孙!”

听这里女人唱歌是一种享受。她们的歌声，赏心悦“耳”、自然清新，如诗如水，如温暖的春风，如流动的阳光，尽情地抚摸着田野和山林。她们唱歌，遇到溪水唱，撞到岩头唱，看到男人们更爱唱。家里来了客人，她们会在端上茶水之际，先献上一曲美丽而动听的歌。那歌词，有的不是编好的原词，而是临时发自心灵的倾吐。她们唱的是这里的山，唱的是这里的水，唱的是这里的民俗，唱的是这里的历史，唱的是这里人们最原始的心事。唱着唱着，她们还会送你一个乐，逗得你捧腹大笑。有天早晨，露水还没脱身，披着散发的柳树陪我行走溪边，当我走过一座古老而神秘的风雨桥，连走带跑地来到吊脚楼边，忽然发现几个身着土家族服装的女人围坐在一起，边笑边唱："恋郎要恋胡子郎，胡子上面有蜜糖；去年六月打一啵，今年春上还在香……"

如果你与这里的女人结成姻缘，足以说明你的福气来临，正如人家所言"你已从糠桶里跳进米桶里"。她们会用一份温情、一份平淡、一份理解、一份宽容，让爱在点滴的相惜中永恒。在家，地不用你拖，饭不用你做，她还为你把衣服洗得干干净净。劳作之余，她们还会拉着你的手，漫步田间溪畔，依偎着你，聆听鸟鸣，观星赏月，促膝谈心……只要你老老实实、规规矩矩，不拈花惹草，她们就会把这个家打扮得甜甜蜜蜜、温温馨馨。她们上无愧于老，下无愧于小。她们喜欢与人家攀比，但，攀比的内容不是财富，而是看谁家孩子更有出息。对送子女读书，她们看得比金子还贵，常会给孩子灌输"少年不读书，如同养头猪"的道理。因此，即使自家砸锅卖铁也要供孩子上学。于是，一代又一代，这里走出去的不少人当上了官，或者成就了一番事业，据说都与这里女人祖祖辈辈崇尚文化有千丝万缕的关系。

王家坪女人，真的不一般，一字以蔽之：美！

覃老先生

我写的“覃老先生”，大名叫覃永辉，笔名叫“覃葛”，乃贺龙元帅故乡桑植人。这个人是一个地地道道的土家老汉，活跃在大湘西的“土记者”。称他为“覃老先生”，其实他也不是特别老，因为，退了休，一些人出于尊重，便有这样亲切的称呼。说实在的，他没留一根胡须，腰不弓，背不驼，也不像我们年轻人早在鼻梁上架一副眼镜。他走路少有碎步，牙齿也没缺，吃起硬点的东西来，也可嚼个稀烂。

覃老先生，我认识他时，他写点土家人的小稿子。后来，我调进县城，与老覃见面的机会自然多起来。在街上，遇到他。他老远招手：“小谢！”我离老远也喊他：“老覃！”一见面，他说这里声音嘈杂，咱们找个安静的地方讲话，我们一坐一讲就是老半天。

老覃穿的常常不是解放鞋就是草鞋，一看到他那双草鞋，就让我立马想起祝勇《草鞋下的故乡》中许多片段。老覃的草鞋上，渗有浓浓的泥土气息。在桑植大街上，如果你见到戴一顶蓝色布帽、背个背篓、臂上挂个黄布包的人，你就不用去猜测，这个人一定是老覃。

老覃进城来，背篓里有时装的是熟透的橘子或者梨子，或者自家产的冒着热气的苞谷粑粑。他把背篓往文友办公室一搁，好吃的东西亮出来，大家吃得香喷喷的。吃完香的甜的，还有回味的，他马上又从包里扯出折叠好的报纸或者杂志，说：“秀才人情纸半张，这是我近期发表的作品，大家看一看啊。”大家品啊品，尝啊尝，品尝出老覃这个土家人不简单，真是“文武双全”！

老覃能文能武，说他能“武”，并不是指老覃有武功，嘴巴能咬断钢筋，手可推垮墙壁，腰撑千斤，而是他在耕种庄稼这方面，确有几下子。

在老覃家里，有几亩薄田、几亩山地，全由他一人耕作。他喜欢“刨岩壳”，不像农村有的人蜻蜓点水，如他写文章一样精雕细刻，让大块大块的坡地变成平地，不许一根杂草在庄稼地里作怪。犁田的时候，老覃几乎是让耕牛自己行走，即使用鞭抽，也是象征性的，没有一句吆喝声。耕牛也顺从他，行走在他的面前规规矩矩，老覃什么时候放下犁辕，这牛就任劳任怨地犁到什么时候。凡经他的手长起来的庄稼，过路的人都会多注视几眼，说：“这庄稼，长得好！”

在他家吊脚楼的阶沿下、阳沟坎上都有他亲手栽种的果树。那些果树，懂得知恩图报，该开花的时候，努力地把大片大片的花开出来；轮到挂果的时候，果实把树枝压得弯弯的。老覃也有趣，我有时打他手机，问他在干什么，他说：“哈哈，我正在踩田草……”我怕打扰他，想少说几句，他却说，你只管说。他一边热情地接话，一手不停地干农活。踩啊踩，从他生命的内部跳出一句又一句极有想象力的诗！

覃老先生，不仅爱作诗，也爱写散文。他写的散文，数游记最多。人说“生命在于运动”，他做到了。名胜风景，只要一天能赶回的地方，就是凌晨一点出发，他也得去找找那里深藏美的感觉。他去观看过气势雄伟的矮寨大桥，游览过文学大师沈从文笔下的茶峒，品尝过刘晓庆在王村吃过的米豆腐……一回家，他就趴在八仙桌子上沙沙地写。他写东西，跟著名作家贾平凹一样，不用电脑，好几屉子的稿子诞生都靠自己的拇指与食指和中指的耐力。他那朴素而真实的文字，记录的全是土家山寨里野山笋一样的新鲜事，或者是县城里各单位里民族团结和谐的好人好事，或者是贺龙元帅的传奇故事。这些文字，形成一种记忆，种在朋友的心里，同时也种在如潮水一般涨落的时间里。

老覃的写作，他的父亲给他的影响很大。他的父亲，今年95岁高龄，脸上爬满贮有诗意的皱纹。他父亲的诗，也是从生活中流出来，从感情中流出来，从哲理中流出来，发表在《中国文化报》的步沈鹏先生《腕底》原韵，就是一气呵成："笔扫千军那得停，经纶满腹一文星。四诗群怨兴观颂，几度纵横捭阖情。江浙斯时悬素日，梦魂此夕锦添萍。佳章读罢欣然喜，愿与先生骥尾行。"

全国政协委员、中国书法家协会名誉主席沈鹏先生为老覃家题词"耕读人家"，全国政协委员、中国古建筑大师罗哲文先生也为老覃家题词"茹古涵今"，全国政协委员、中央文史研究馆馆员舒乙先生录其父老舍先生名句题赠老覃家"有朋相亲当骨肉，无钱买酒卖文章"，中国少先队队徽设计者刘恪山先生为老覃家治印"天子山下人家"，还刻赠堂号"浴德草堂"闲章。这是大师们对他们祖孙三代为诗、为文、为人的激扬。老覃爱交朋结友，与他交流，如溪水一般的纯洁。一些同性、异性的文友，无论老少，都喜欢与他亲近。他每年自费订阅大量报刊，《张家界日报》从创刊到现在一直没有中断过订阅，还订阅了《清明》等十余种文学刊物。文友的文章上了报，登上了杂志，只要他看到，他都会打去电话，送上诚心的祝贺。他的祝贺，不是单纯的"哎呀，文章发表了，挺好啊"之类的话语，而是像一个评论家走进作者创作的思维空间，表扬的话固然存在，不足的语言也不是只字不提。在老覃家一个老得掉牙的木柜中，珍藏着许许多多报纸和杂志，如果文友们寻找自己发表的作品，到档案馆寻觅不着，可往他家一跑、一翻，就会找出来。

接近过年的时候，按土家族农村的风俗习惯，平常喂得肥壮的猪到这个时候该宰杀。他家杀年猪的那天，天一亮，他就跳下山坡，租辆车“哒哒哒”地开到县城。然后，拨通一个个先前约好的文友。人一等齐，车里唱着歌，哐啷哐啷地进了他家。文友在他家吃“杀猪饭”，围在一起品酒，老覃敬文友酒，文友也敬老覃酒。一切情谊皆在酒中。

文友们返城，老覃连忙扔下手头的活儿跑出来相送。站在山坡上的他，双手围成喇叭状：“慢慢走啊，朋友们！文学是心灵的回声，是通向高尚情操的桥梁，愿大家多架这样的桥梁！”

基层人物素描

清 波

一提起清波，人们会自觉把记忆往青山绿水中拉，再现微风吹皱的水面。这是美景，固可欣赏。可我说的清波，是个年轻的村干部。姓龚，籍贯浙江宁波。

清波，名字好听。她与宁波一字之差，她也因宁波感到骄傲而自豪。宁波，经济腾飞。清波，慢慢成长。

她的“哈哈”打得特响。她的话，宁波方言偏重，渗有少量的普通话。与她对话，有点吃力，即使她嘱你用本地方言，可你与她对话上路以后，再绕过那道普通话的“弯”，实在费劲。她见人，亲近又亲和，无拘无束。不是兄妹，胜似兄妹。乡里同她工作的人，说她像只麻雀，整天叽叽喳喳，但又不厌烦这只“麻雀”，因这只“麻雀”能驱赶孤独，带来喜悦。她的话，虽多，但，重复语句极少；虽快，却有磁性，容易融进人的灵魂。乡里有的干部若哪天没见到她，就像掉了一个什么东西似的。等她一回来，又像沸腾的水热闹起来。

她不会赌博，她不认识麻将。连抓鸟叫什么，她也一窍不通。若朋友邀她搓几盘麻将，那纯粹是瞎子点灯——白费蜡。她爱唱歌，有空，一个人会哼出一曲。她唱的歌，不仅仅是流行歌曲，她也会唱桑植民歌。她唱的歌，字正、腔圆。她不跳舞，其实跳舞也是一种享受。她不是不会跳，而是你与她跳舞，有压力，往她面前一站，渺小自然出来：她，一米六九的身材，与一般人跳舞，她宛如带着一个小孩，一点儿也不协调。她的戏，无论是小品还是话剧，角色到位，形象逼真。笑时，立刻笑；哭时，猛地哭。她会自编、自导、自演一些节目。她演的戏，十有八九催人上进，但，也笑得掉牙。

她，大学毕业跑来桑植当村干部。桑植，红军打着绑腿从这里出发。这里是一块红色的土地。她住的村是苗寨，苗寨属廖家村镇管辖。这里苗族人多。村里说富裕也不富裕，反正饭有吃的，衣有穿的，屋有住的，老百姓缺的就是一样："钱"！这个村，听起来遥远得很，其实就依偎在镇政府旁边。村支书的媳妇到浙江打过工。村支书无妹妹，称小龚为妹；小龚家无兄，喊村支书为哥，叫村支书的妻子自然就是嫂子。她们相互叫得亲热，喊得亲切。清波住在村庄里，像住在自己家里一样。她在村里，闲不住，策划着村里的未来。

清波到县组织部跟过班，到县委办跟过班，而今，她成为一名副镇长。她在我的笔下描写不全面。不过，在我描写的时候，想笑了，笑她说话幽默，笑她笑的时候雪白的牙露了出来，还想起了"清波池里拨清波"的那种意境。

佩　文

几个朋友，同坐一趟车去乡下检查。突然，他们不约冒出同一个话题："你怎么不写几笔佩文乡长？"我没做声，因为，自己曾写过初识小郁，着笔黄河记忆，可没描写久识的佩文。当晚，我趴在桌子上，就着朦胧的烛光，素描着佩文妹的轮廓。

佩文，两只眼睛有味。我说的有味，并不代表她的眼鼓得有味，而是它如深山老林里的泉眼，潜藏力量。你难捉透它的底蕴，可它足见你的神秘。她苗条的身材，在桑植的大街小巷或者田野村庄里，为数不多。她，走起路来，如风，浅浅的酒窝一绽，给你绝对有偶遇鲜花的感觉。她的步伐，矫健、有力，皮鞋点在地板上的声响，别人一辈子也难模仿。

虽没听过她的歌，但听人说《棒棒捶在岩头上》等桑植民歌，她唱得爽。她能喝酒，但从不张扬。喝酒虽是一种享受，但喝多了也会累。一般情况下，她坚决不喝，连酒杯也不端。酒桌上，她遇上几句话的挑逗，会自告奋勇地站出来，举起透明的酒杯，亮出微笑，敬你；你喝得，得喝；喝不得，也得喝。喝之中，她几句漂亮话往酒里一甩，融入你的心里，醉红你的脸。

与她一起工作是一种享受。她到县委学习实践办前，还在“进门一背牛屎粪，出门一背马桑棍”的苦竹坪乡工作。百姓喜欢她，干部关心她。她，见你脸上泛愁，会用贴肉的话驱赶；你收获喜悦，她会像添加剂一样给你兴奋。无论在哪里工作，她都肯谋事，肯做事，会做事，做好事。她做事，与时俱进常挂心头。只要一接受任务，谋划开始，想方法，出主意，像绘图一样思考。她做事，行动如箭，细字当头，从不粗手大脚，就是写材料完稿以后，也像青蛙捉害虫一样字斟句酌，不轻易放过任何一个字词和标点。她做事，领导怎么交代怎么执行，别人说她办事不晓得绕弯，她也要按原则去办。她办事，快如她的走路。快中，好字当头，质量领先。

佩文，钟姓。本科文化。今年不到三十。她，一个十分气质的女人，一张迷人的“画帖”。

阿　波

阿波，满脸长着牢骚胡，但，他不牢骚。

阿波，年纪轻轻，一缕浓密的胡须，掩饰他的实际年龄。如一棵发芽不久的树，几把藤子一缠，认为这树老了。当然，老也有老的好，不是说“姜还是老的辣”。

初与他接触，显得比一般的陌生人陌生，这是个性使然。人，如果没有个性，如钢琴弹奏没有抑扬顿挫，好比散文没有节奏，谁也不爱听，谁也不愿读。有人认为他傲，其实，稍有耐心，时间一长，便知他的肚大如同宰相，心似大海，他从不背面说人长，道人短，从不落井下石，砸人手脚，更多的是，他能把你从痛苦旋涡中往快乐的岸上拉。与他打过交道的人都有同感，认为这个“胡子”朋友值得交，可深交。有空，他拖根钓竿，哼点小曲，沿公路，抄小道，去河边或湖边或鱼塘边寻找那份宁静与安谧。他像一只鸭子静待那里，等待钓竿上的浮子滑动，即使一天到晚浮子没有丝毫动静，他也能一脸笑容。无事了，他也喜欢品苞谷烧，桑植是产这东西的地方。当然，其他的酒，他也喝。他喝酒，喝的是感情，喝的是心情，常一碰杯，别人还没说起醉，他的脸，就像灌了猪血一般。除此之外，他还喜欢打猎。他在乡下工作时，干部给他封了个什么“猎手”头衔。因为他肯赶山，常牵一只黑得像煤炭、狡猾如狐狸的狗钻山。山里，一些不属保护的动物，常倒在他的枪杆子下。

乡下的日子，他过了几个春秋。那个地方，寂静扎实。天一黑，鬼打得死人。那地方，叫岩屋口。最出名的是一条公路穿过岩屋的心脏。山里人，见沱子大雨来，岩屋成了他们吹不倒、淋不坏的一把天然巨伞。在那里，他不是成天躲在岩屋里，而是在狂风扫，大雨洒之中，与风搏，同雨斗，搏出了精神，斗实了骨子。他下村入户，泥巴裹满裤腿，脚上冒出一个又一个的水疱。那干劲如百米冲刺一样，非争个第一不可。因此，他的工作常获乡里冠军。他，把激情燃烧在村庄，把毅力诠释在村庄，把果实挂满在村庄。

进城以后，他不像有人说的那样，从糠桶跳入米桶万事大吉，他热情如初，工作拼得命，当得饭吃，忙得团团转，就是头转昏，脚扯筋，嘴里还是那句“人生就要拼！”说起来，真有趣：有天晚上，他的办公室一片黑，以为里面无人。他一咳嗽，原来是他趴在那儿一个劲地赶着第二天需要的“材料”。等他从办公室出来，大门关闭，如果不是他的那道喊声，他真的还要在办公室过夜。

阿波，刘姓也。他是一幅画，印在我的灵魂里。

土家人

土家人爱喝酒。苞谷烧是他们的最好朋友。他们到山里伐木，腰杆上常吊一酒壶，什么时候想喝，就拖出来品一口。在田间插秧，累了，抱着酒壶饮。他们喝酒，不在乎人的多寡。有朋友在一起，喝的时候，相互敬；没朋友到面前，就左手碰右手、右手碰左手，一个人自由地品。他们喝酒，不在意菜的多少，一个辣椒就可成为下酒的菜，给辣椒尾巴蘸一点盐，可以喝半天。如果杯子小了，端碗喝，用碗不过瘾，拖出土钵喝。他们喝的往往不是酒，是感情，是热情，是激情。一举杯，一饮而尽。一杯完了，二杯再来，二杯完了，又来三杯。饮酒的，宁愿伤身体，也不愿伤感情。说来还真有趣，一个土家汉子与朋友就着呼呼的火炉喝酒。别人刚喝一口，他却主动喝上几口。这个土家汉子微醉，伸筷拈菜，却把筷子伸到自己面前的烟灰缸里，肉没拈上，而拈上烟蒂。嚼啊嚼，觉得不对头，他立即喊来老板：“这肉怎么这么硬?”老板心想，这是自己刚从冰柜中取出做成，怎能?当酒醉者从嘴巴中吐出一团东西后，一桌人才露出笑，笑得眼泪一把把地往外扔。

土家人爱唱歌。桑植，不大不小也是二十多个乡镇。乡乡有山，镇镇有水。山与水的融合，亲切如热恋中的一对，哪里有山，哪里就有水。这里的山水，点缀这里的美丽。他们从不吝啬自己的嘴唇，对着大山唱，山那边控制不住自己的激情，迅速给予久久不息扣人心弦的回音；农村烧火土粪时，他们的歌声像村庄炊烟一样冉冉升起，像要触摸美丽的蓝天和白云；他们对着水唱，水马上睁开自己的眼睛暗送秋波，从内心发出“哗哗”的笑声。生活在澧水河边的土家族人，歌是他们的生命。他们一天不吃饭行，但，一天不唱歌，就力不从心。不知他们从哪来的那么多的歌，家家都能喊出调子，个个能创造出原声。当你走进如画的桑植，歌声涌入你，如山中的绿一样，热情地把你围紧，让你欣赏，令你陶醉，醉得你半天回不过神。

土家人爱跳舞。“红灯万盏人千叠，一片缠绵摆手歌。”可见，土家歌舞之恢宏的场面。跳舞，也是一种享受，如美丽的诗歌一样，给人心旷神怡的感觉。桑植，会跳舞的占绝大多数。土家族人，舞瘾十足。他们跳舞，不需专门的舞厅，露天舞台也行，哪怕只有放脚的地方，舞蹈也会诞生。土家人在山里干活，采下一片树叶，抓在手中，一扬，舞蹈如机器一样转起；点上一支香烟，衔在嘴里，屁股一扭，舞蹈如雨水点在河面跳起；邀上同伴，走在一起，手一牵，脚一提，舞蹈如爆米花般蹦起。在桑植一条绿得不能再绿的河水边，躺着一个不大不小的民歌广场。这个广场，生下来，就没有被寂寞占领，喜欢热闹，不爱安静，一天到晚，人不断，吹拉弹唱的，应有尽有。住在乡里的土家人，只要手头的农活一忙完，他们就扔掉锄头，跳进城里，其他地方都不去，唯独这民歌广场像一块磁铁强烈吸引着他们。尤其是在晚上，民歌广场就成了舞蹈的海洋，一屋屋的土家人，吃罢晚饭，出门，少数人乐悠悠地登登梅家山，其他的，主动来到这里。无数个黑点把整个广场挤满。他们跳摆手舞，一会儿单摆，一会儿双摆，一会儿回旋，动作逼真，刚柔相济，粗犷雄浑，舞姿优美，展现出民族迁徙、狩猎征战、农桑纺织等一幅幅富有民族特色和生活气息的艺术画卷，震撼人的灵魂。

土家人，爱酒、爱歌又爱舞，爱得如此真诚。

|第四辑|

心灵中的忧愁

寂寞四都

这几天，心里有一种说不出的味道。今天早上，我披件棉衣，挤上去四都的中巴车，算是一种解脱吧！打开四都的大门，迎面扑来的，全是四都的寂寞。

四都，在陌生人眼里，认为是一座大城市，美丽、动人，可你到了那里，感觉全变了。它，卧在一个古老的山沟里。看起来，一点儿也不顺眼，就连自己也瞧不起自己。我置身她的怀中，怀疑起自己的眼睛，难道这就是我要看的四都吗？

这里的山，肩并肩。我立在山坡上，岩崖上，扬起一阵风，摇掉树叶，满地都是。稠密如雨，稠密如雪。我踩在落叶上，一点儿声音没有，一点气味也没有，无奈涌上我的心头。我恨那些无情的风，把我要看的深绿、浓绿赶跑，见不到山上美的肌肤，一些多嘴的鸟儿，现在飞到这里，几乎也成了哑巴。

当我走过一幢幢木屋的时候，心凉起来。那些木屋，有的打着赤膊，有的歪着身。看起来，一点也不顺眼。我亲热地叫喊着一家屋子里的主人，可他们听而不闻。所见到的，是锈迹斑斑的铁锁紧锁大门小门。在炊烟喜欢冒出的瓦片上，青苔也毫无商量地霸占。待在那里，我傻了一般。许久，一个老头走近我："有事吗？这屋里的人，出门了，打工去了，好几年没回来了……"我摸摸口袋，取出烟，给他点上。他猛吸一口，吐出来烟雾，抬抬浓浓的眉，说："万余人的四都，出门打工的，好几千，村里修公路、种洋芋、栽红薯、收谷子的时候，年轻人的影子都看不到。”

沿着山路，往前走，我的背后响起急促的脚步声。我回过头发现那是一群上学赶路的孩子。他们见到我，像见到警察一样，步子迈得更快。我重复着他们走过的脚印，绕过山头时，有个孩子蹲在那里，不动。他的脚，撞到一块尖尖的岩头。脚上的一块皮不翼而飞，脚趾也撞破了，血冒出来。我给这个孩子包扎时，得知她出生不满一月爸妈便外出打工，把她扔在一个连自己的饭都难糊上口的奶奶家里。

孤零零的校舍依在山脚，石头垒成，没有围墙。一些藤儿像一条条的蛇快爬到教室的后窗。它们张着嘴，像要吃什么似的。教室的窗户，由白纸或报纸糊上。风，太霸蛮了，把它扯得稀烂。坐在教室里的孩子，冷得牙齿咯咯地响，不时地搓搓手、揉揉耳，双手呵呵气。尽管如此，孩子握在手中的笔仍不听使唤。

夜里，不知谁得罪了四都，她什么话也不说，什么话也不想说。山里的灯光，变得十分吝啬，忽闪忽闪的，晃到人的眼前都是些脆弱的光线。夜深了，可她一点儿睡意也没有，叫出一点名气或没有名气的狗催她入眠，不停地“汪汪”，惹怒了天，下起雨来。这雨，淋湿了四都的身，也淋湿了四都的心。

当我离开四都前，看着雨无法控制，越下越大，好像不愿意停下来。我知道，这是四都诚心在留我，不许我走。我看着四都萎靡的样子，心软了，我摸着四都的衣角，默默地说：“四都，冬一过，春就来了……”

家乡的火塘

小时候，我爱围坐在乡里的火塘边烤火，更爱围坐在火塘边听奶奶讲讲谜语：“一个地方四块岩，一颗红心贴胸怀……”我眯着眼想，头一抬：“火塘!”奶奶乐了，我笑了。

家乡的火塘，是火的家。

家乡的木屋里几乎都有火塘。火塘是乡里人烧水做饭炒菜熬猪头煮猪蹄烤粑粑等多功能的主要设施，也是乡里人谈论小事大事家事国事的地方，乡里人日常生活不可缺少它。因为，有人才有火，有火才有家的温馨，有家的温馨才有好的家风。

火塘，在平常的日子里比较清闲，但，一碰上过年的那些日子，它就像一架机器忙得溜溜转，尤其在过年，火塘里的火都没熄过。因此，人们说：“过年的火，元宵的灯……”

过年的那天，我家的火塘边围上一圈人，像是一块四方的地被插上了严严密密的围栏。我们紧紧地挨在一起，伸出双手，或者翘个二郎腿，靠近火塘，让火的温暖传递身体的每一个细胞，真是暖暖乎乎的。我们聊天，时不时地哈哈大笑。欢笑时，我听见娘在厨房里喊：“烤火的，把火烧大点，过年嘛，就要热热乎乎；你们快把放在猪栏边的枯树蔸抱到火塘里烧起来!”这树蔸是娘在山沟里挖地刨了大半天才刨回来的，晾在家的猪栏边，只等过年掀入火塘，这样好燃出新年的吉祥。按照娘的安排，我喊上几个“大力士”合抱这个树蔸放入火塘。之后，我用吹火筒使劲地吹，火光像天上的星星一闪一闪的，一会儿，火苗窜动，一片片的火光映照着火塘周围，也映照着我们的脸庞。一个小孩子见烟子熏人，拖起火钳掏火塘里的柴。我娘连忙抢过火钳：“小孩，过年，火塘的火，莫用火钳敲，让它自然烧落，这样的火，才长命百岁。火燃烧时，千万别盘它，人盘穷，火盘熄，叫花子盘得没米吃。”娘边说边放柴。她转身时，还补上一句：“烧火要空心，做人要实心……”

说着说着，火塘上方鼎锅中的水“嗬嗬嗬”地笑了起来，坐在火塘边的我们也笑起来，火塘里的火羡慕我们的笑，忍不住，也笑了起来。我们瞧着红彤彤的火，异口同声地说：“火笑，有客来……”凑巧，说客来，客就来，一个教书的叔叔口衔烟斗微笑地走进我家的屋子，我们连声喊“叔叔，坐……”这时，我娘连忙取来热水瓶给大家泡起炒米来，一碗碗的炒米，似雪纯白，吃起来像喝丝瓜汤一样舒服。炒米没吃完，娘又把煮在鼎锅中的鸡蛋取出来，轻轻地除去蛋壳，那白白的、嫩嫩的、圆溜溜的蛋多么令人喜欢，我舍不得吃，捧在手中滑来滑去。品尝中，一个小孩子发问：“为什么今晚煮这么多蛋？”我娘说：“孩子，今天是过年，蛋是圆的啊，意味团团圆圆。”

鸡蛋在品，炒米在尝，不知娘从哪里找来一个烤架放到火塘里。我娘从水缸里取出泡好的糯米粑放上架。我瞧着这糯米粑，立马想起娘起早贪黑在稻田里的苦与累。粑粑烤熟了，圆圆鼓鼓的，我让娘先吃，娘老是推辞。我们在熟透粑粑的边缘用勺子戳开一个洞，洞内盛上糖再烤融。一嘴咬下，满嘴的糖好甜好甜的，甜出了爱，甜出了芳香，甜出了整个童年的记忆。

粑粑还没吃完，又是烤腊肉了。

腊肉不用找，火塘的上方挂满了腊肉、腊鸭、腊鸡……熏得油直滴。我在肉林中削，娘站在旁边看着，叫我只管割，叫我选最大的，说越割越有。一片又一片的腊肉，我给割下来，然后放上烤架，烧出“滋滋滋”的声音，满屋充满的都是肉香味，让人馋得直流口水。一口下去，外脆内嫩。吃完，大家相互投递着意犹未尽的眼神。

浓郁的腊肉味留有余香，桌子上的电视似乎懂得“来得早不如来得巧”的道理，马上闪出“恭喜发财、红包拿来……”这时，我娘连忙从口袋里扯出好几个红包：“今晚守岁，大家通宵不要睡。现在，我给大家发红包，今晚有钱，意味来年更有钱！”见着红包，一个个小孩高兴得像满田青蛙叫起来：“我要，我也要……”红包发完，大家高唱起《美丽的火塘》歌：“过年的晚上，迷人的是火塘；跳动的火苗，伴随我们很舒畅；迷人的火塘，照亮咱们的脸庞；迷人的火塘，点燃欢乐的时光……”

家乡的火塘，映红了岁月；淡淡的柴烟，熏出了喜悦。

美丽与忧伤

乡村，一个朴素而优雅的名字；

呼唤你，亲切如自己的母亲！

在许多人的眼里，你，如一颗泛着红光而芳甜的果实。若久久没有见到你，心中淡淡的愁，倏地爬上眉头。

前不久，在消遣中，我坐在一块像是谁刚刚离开尚有余温的浅黄色的椭圆形的石头上，看着书。看着看着，屠格涅夫的《乡村》，无意间，映入我的眼帘。我的心，立即融入明丽如画的文字。无论他说的是飘逸的云、眨着眼的星、扑扇着翅膀大叫的公鸡，还是如刚挤出来牛奶般新鲜的空气，给我的感觉全是细微与美妙。“哎，难道这不是自己的家乡吗?”如骆驼背的山路，似弹弓的溪流，像巨伞的河柳，恰似白云蠕动的炊烟，丝毫不逊于他笔下风景的描绘。源于思，我约定一个晴好的天气，踩上周末的空隙，搭乘一辆半新半旧的桑塔纳，进了自己久违的乡村。

踏入乡村，眼前一亮：“哦，乡村变化好大!”我以为自己走错了地方。这时腊肉的香味，知道我来，老早邀好细而柔的风，欢快地跑到我的面前，逗我，惹我，微擦我的鼻孔。我笑了，用手轻轻抚摩自己的鼻梁，努力一吸，好香啊。当我跨上一座石拱桥，发现躺在桥背的一条稀烂的水渠也不见了。

原来，摩托车过桥，推着过。而今，变平坦了，于田地的角角落落，田片翠绿，一片绯红。

乡村有了美，但，藏着无奈的忧伤。个别村，不顾山的荒凉、寂寞与忧郁，他们肩扛锯子，手提斧头，钻进幽幽的大山，不办任何手续，不经任何人允许，断送了不少树木的性命。任何一个有良知的人，见到这野蛮，恨不得扑上去，揍他们几拳，让他们体验到生死的疼痛。一些好端端的田地，村民原来争得骂娘，而今，有的荒芜了，杂草过人头，牛羊草中游。给人的感觉，如一把尖刀“嚓嚓嚓”地戳进了人的心脏。一口口的空水缸，渴望水的亲吻。人们吃力地爬上山坡，从岩缝里刨出水来，水兴奋地一冲，跳进水缸，可，一碰上冰寒地冻，牵出的一条条长长的胶水管，脆了，裂了，破了，断了。

离开幽静的乡村，回到喧嚣的城市，我的心一直被乡村撕破的伤口所纠缠。

孩子，痛爱在我心中

一踏进桑植的芭茅溪，微风就携带着淡淡的花香寻找着我们的鼻孔。这次，我是与张家界市文联、市作协的同志一道来到这个乡村的，心里极其难过，像吃错东西一般反胃，头昏脑涨。

不知怎么，乡村的天空，像雾，又像云，不知是密云婆婆驻足不离，还是太阳公公变得吝啬。当时，我想：同一地球，不同乡村，竟有如此大的落差？

一段水泥路，车子骑在上面，谨慎又谨慎，害怕掉下悬崖。窄窄的山路上，司机像医生给病人注射脉管一样小心翼翼。因为，稍不留神，会栽下万丈悬崖。

车子吃力地往上爬，如一个患有哮喘病的老人。

山腰，有巴掌大的一个坪——桑植坪。

车子行一段路，路窄了，我们只好下车。走上一条供马、牛、羊行走的路。

一个山顶被我们翻过，一栋木屋呈现在我们眼前。在那里，只见一些老掉牙的木屋东倒西歪。屋子里的主人们，几乎都不在家。这些屋子，已有大把大把的年纪，皱纹满脸。有的“头发”掉光，屋顶开了天窗；有的瘦得只剩架子，连“骨头”都露了出来。如果画家到了这儿，绝对会画出它们心中的凄凉与忧伤。

木屋上的门锁，生了锈；瓦片上，也长出了青草。

一个小女孩静静地站在屋前的塔子上。她，一米高左右。她表情自然，好奇地注视我们。

“小朋友，你姓什么，爸、妈在家吗?”

“我姓尚，叫婷婷。爸、妈都在浙江那边打工!”

“爷爷、奶奶呢?”

“爷爷、奶奶，我一直没看见过!”

“哪你的外祖父、外祖母呢?”

“他们在云南!”

“那，你家的门关着，你住哪儿?”

“住三伯家!”

“怎么不去你爸、妈那边上学?”

这女孩，九岁。在芭茅溪乡中心小学上三年级。在她天真的微笑和期待的眼神里，渗透着几分悲凉。

小婷婷用本地话主动地说：“我还有个妹妹，浙江生的，在那边上学。爸爸、妈妈叫我留在家里头。我们学校将近三百个学生，好多好多同学的爸、妈都在外面打工，还有几十个同学是全托。”

我们随小婷婷去她的三伯伯家。她，脚步不快，也不慢。她一边走，一边像大人般说话:“叔叔，阿姨，你们住城里，到山里走不惯吧，慢点哦，别摔着。”

婷婷在前面带路，小小的背影，却一直咬着我们的眼睛。

到她三伯家，只见她三伯娘在忙乎家务。婷婷和三伯娘一道开启堂屋门。随着木板门慢慢地推开，两个小脑袋也显露出来，不到三岁的两个孩子，正眼泪巴巴地看着我们陌生人的到来。

小家伙主动地说：“三伯娘，对我们娃儿好着嘞。三伯不在家，到对门山上放牛去了。三伯伯天天下地干活，背驼了，像牛背嘞。”

“婷婷，俩小娃儿，听话吗?”

“我一放学回家就看他们，管他们。他们听话，但有时候，哭的时候，有时我管不了，就跟着哭呗。他们哭的时候，我把自己在学校省下来的营养餐给他们吃。他们吃着吃着，就不哭了!”

“你想爸爸、妈妈吗?”

“想啊，我想说的话，爸爸、妈妈听不到，只好写在作文里。有一次，老师在课堂一念，全班同学都哭了。有时，我想啊想，想得吃不下东西时，就从书包中取出他们的照片，看啊看，摸啊摸，流泪了。我好想让爸妈带我到田地里玩，到城里玩。他们出门时，叫我在学校莫扯皮，听老师的话，攒劲读书啊!”

“你上学，路，那么远，又险，全靠自己走吗?”

“爸爸、妈妈出门的时候，给我喊了个摩托车，叫那叔叔接送我上学和回家。坐在摩托车上，我好害怕，绕弯道，走悬崖的时候，我就紧闭着眼。遇上下雨、飘雪、结冰的日子，心老是咚咚地跳。坐在车上，我最怕摩托车打滑，怕翻车。遇到摩托车的叔叔有事，我只好走路去学校，几山几岭的路，走得我脚板抽筋、腿子发麻。在路上，我大声地唱着‘世上只有妈妈好……’告诉你们这些叔叔、阿姨，我在感谢摩托叔叔的同时，还得感谢天上的月亮爷爷，好多次天黑回家，都是月亮爷爷送我的……我好想爸爸、妈妈啊!”小姑娘说着说着，竟呜呜地哭了起来。

不知不觉，夜色降临，我们不得不回城。

“婷婷，我们下山，走哪条路近些?”“一条是上坡路，另一条是下坡路。上坡路，近一些；下坡路，远一些。走下坡路，还可以看到一个小小的水池，水中有鱼嘞!”

我们选择的是走能看见鱼的那条小路，也是婷婷常常上学去的那条山路。

水池冒出来了，“啊，好多的鱼！”

睁大眼睛的我们，仔细地观赏水池中的鱼，像仔细观赏小婷婷一样。这水池，静如月夜。水中的鱼，有的掩藏在草丛中。

“小鱼，游起来，好像不精神？”我们问。

婷婷看了看说：“它们会想爸、妈，跟我一样做梦呢！”

到了停车的路上，车子开始发动。我俯下身子说：“婷婷娃儿，好好听三伯伯、三伯娘的话哟！”小婷婷站在那里，举起小手，不停地向我们摇动。老远了，她还在摇。

我们把手伸出窗外，道别：“下次，再来看你们！”

寻访蹇先任的故事

此次去慈利县城，我是为了寻访蹇先任的故事。

去的路上，滂沱的雨，落个不停，落得我真的有点儿不想去那儿了，但，意志还是支持着我，让我顶住风的霸道、雨的疯狂。

到了慈利，为了找个理想的向导，第一站，我便选择去吴明仁家。吴明仁是个德高望重的老作家。一到他家，他，给我端上热气腾腾的茶水，随后，他安排他的妻子王金翠，带我去蹇先任的小妹蹇先珍的家。

穿过一街又一街，走过一巷又一巷，我们来到零阳镇土溶路新科一巷一栋普通的居民小院。这儿就是蹇先珍的家。蹇先珍已 80 多岁，耳朵不是很灵，但精神矍铄、思维敏捷。我们给她说明来意，她的激情立即蹦了出来，还叫来她的儿子给我们一起讲述蹇先任的故事。她讲我记。她说，在 19 世纪末，安乡涨洪水，只有 8 岁的父亲蹇承宴随其母亲逃难到了慈利。孤儿寡母，经几十年的勤耕苦做，有了一点积蓄，父亲便在县城的东街上开上一家染布作坊。父亲母亲先后生下七个儿女，按排行取名为：先钰、先任、先为、先佛、先超、先辉、先珍。在大革命时代，蹇家的三个儿子，两个为革命牺牲，四个女儿，两个走完长征。

蹇先任，于 1909 年农历四月五日出生。青少年时期，她受家庭的影响，接受进步思想，立志投身革命。1926 年，在中学读书时，加入中国共产主义青年团。1927 年 3 月，在长沙从事学生运动，同年转为中国共产党党员。“马日事变”后，在党组织安排下，她离开长沙到常德九澧平民工厂当工人，后在石门平民学校教书。在十分艰苦的形势下，来往于津市、澧县、石门等地的工厂、学校、农村，开展党的秘密工作，宣传组织民众，播撒革命火种。

1928 年 8 月，蹇先任在慈利县参加湘鄂红军游击队，随即转入湘鄂西红军第四军，并与贺龙结婚，她先后任文化教员，中共前敌委员会文书科科长、前敌委员会机要秘书等职。

1930 年，蹇先任生下第一个孩子，取名红红。当时，贺龙奉令东征，蹇先任带着孩子行军不便，留在湘西做地下工作。可是，红军主力一走，敌人便疯狂地向根据地反扑。当时，红红住在山里临时搭建的一个茅棚里，因出麻疹，无法医治，红红死在妈妈怀中。这时，蹇先任的弟弟蹇先为因叛徒出卖，被国民党杀害了。不久，蹇先任也被国民党抓了。敌人对她软硬兼施，可她始终未曾屈服。一个风雨交加的夜晚，她抱着病体逃出敌营。当她看到追兵越来越近时，便走到河边的悬崖坎边。河边躺有一块大石头，她机智地跳入草丛中，推下大石头，敌人听到石头滚落山涧的声音，以为她摔死了，便收兵回朝。活着的她，顺澧水河而行，沿途乞讨。一天晚上，她来到大姐蹇先钰家门口。大姐一时没有认出她，说：“你这个要饭的，跑到我家来干什么？哎，我还是给你一点儿吧。”蹇先任说：“大姐，是我啊！”姊妹俩抱到一起，什么话也说不出。蹇先任回到慈利的老家，当她的身体刚刚恢复，又要去找红军。起先听说红军在洪湖苏区，大姐蹇先钰就陪她去洪湖。她们一路以讨饭、给人当老妈子、帮人做针线活为掩护。在此之前，由于国民党的“围剿”，红军损失不小，贺龙率领红军主力退出洪湖苏区，转移到鄂北大洪山。姐妹俩便在那儿摆个小摊做起针线活，帮别人补衣、做鞋、织布，一边维持生活，一边继续寻找。一次又一次寻找，一次又一次扑空，可姐妹俩一点儿也不灰心。直到 1934 年 11 月，贺龙率部由黔东进入湘西境内，姐妹俩赶回湘西，后来在大庸找到红军队伍，蹇先任这才与贺龙团聚。

1934 年 12 月，红军打进慈利县，19 岁的蹇先佛和 15 岁的蹇先超两姐弟参加了红军。她的母亲舍不得儿女离开，就跟随部队一道行走。一直到 1935 年 11 月，红二、六军团在国民党 130 多个团的“围剿”下开始长征，母亲才离开部队。红二、六军团从桑植刘家坪出发时，蹇先任生下女儿贺捷生仅 19 天。在蹇先任的背篓中，装着这个女婴，在一次部队通过敌人封锁线时，孩子突然“哇哇”地哭了起来，蹇先任迅速用棉被把孩子捂得紧紧的。险情过后，孩子的脸变成茄子一样的紫色。

让人们难以想象的是，蹇先任母女后来竟成为红二方面军中最先到达陕北的人，创造了长征的一个奇迹。

永远的英雄

“桂如侄儿虽为革命牺牲了，但他的血没有白流，换来了今天中国革命的胜利。”这是贺龙元帅饱含热泪对贺桂如英雄的中肯评价。

贺桂如，桑植洪家关人。这地方，人杰地灵；这地方，流传着传奇色彩。小时候的桂如家，少房无地，家贫如洗。他的父亲，常年给烟商当驮工挑夫，因积劳成疾，含恨病逝。父亲一走，他的家几乎破碎，一家人的生活，唯靠他母亲炸油粑维持，桂如还经常吃野果度日。他的母亲考虑到他的生存，把他寄居到几十里外的村庄里学起裁缝。少年的他，学艺是把好手，上山打柴是能手，下地干活是行家，为人处世也是里手。当地百姓都说：“少年当家好儿郎！”

人住裁缝店，心却飞山外。年仅 19 岁的他，皮带往腰上一缠，提上一把锋利的菜刀，与贺龙一道，深夜冲进芭茅溪砍盐局。之后，他又参加了贺龙的“讨袁护国军”，开始了戎马生涯。

在部队里，一次，他的叔叔——连长贺佩卿因故迟到，被他当场训斥一顿，当时贺佩卿的脸面往哪儿放？贺佩卿当场与他顶撞，喊口令解散队伍，弄得他下不了台。事后，他们俩跑到贺龙那里“告状”。正巧，医官贺勋臣也在场。在贺氏家族中，贺佩卿比贺龙高一辈。见此情景，便对贺龙说：“云卿，他这个家怎么当的？非把叔伯老子放到侄孙儿手下当兵？”贺龙闻着烟斗，眯着眼，说：“勋大叔，你这个医官，还不是归我这个侄儿管吗？我们今天是出门带兵，国有国法，家有家规，军有军纪嘛!”接着，回头问贺佩卿说：“你是军人，还是老百姓?”贺佩卿一看不好，这“状”不能告了，马上说：“报告镇守使，我是军人，我错了。”贺龙的脸猛地板起来，说：“承认就好。这里是军队，不是家族，只有上下级，没有叔伯子侄。今后规定，上级对下级叫名字，下级对上级叫职务。不服气的，让他来找我!”这样，贺桂如对贺佩卿实施了十二军棍的处罚，打得全军肃然，不敢再犯；贺桂如治军威严，终于带出一支过硬的英勇队伍。

桂如带兵剿匪，屡战屡胜。不久，就被晋升为贺龙部警卫团长。湖南军阀赵恒惕，纠集叶开鑫等军阀武装，铺天盖地地涌向澧州，掀起大规模的“讨贺”浪潮。其实，在经略澧州期间，贺部的治军理政、除旧革新、赈灾救荒之举，不仅受到澧州群众和公法团体的普遍欢迎，而且还得到中共湘区省委的高度赞扬。然而，这些顺潮流得民心之举，却遭人暗算，湖南军阀赵恒惕原形毕露，制造矛盾，耍阴谋诡计，一心一意要赶贺部出澧州。对此，他成竹在胸，在一股股浓浓滚滚的火药味弥漫澧州大地时，面临大敌，毫不动摇，无所畏惧，跟随堂叔贺龙经营澧州，认真训军练兵，真诚兴商助教，倾力赈济灾民。当反贺浪潮扑来时，他率领部队与主力一道在慈利痛打吴尚，于永顺决战叶开鑫。为保存实力，最后决定避敌锋芒，撤离澧州，转战川黔、秀山驻军，苗区结谊，铜仁扩兵，致使赵恒惕“讨贺”扑了空。

他独到的建军形式、奇特的战斗历程、曲折而艰苦的革命道路以及特殊的历史意义，为中国革命历史增添了光辉。他随党中央直接组建的中共湘西北特委到达洪家关，参与领导桑植起义，宣传发动群众，开展土地革命，积极组织武装力量，实行红色割据，帮助特委组建桑植县第一届县委和第一届县苏维埃政府。在桑植起义期间，他先后担任工农革命军第一团团长、工农红军第一团团长，并使第一团成为湘鄂边区的红军主力。在起义中，他带领红军战士住山洞，饮山泉，食野果，风餐露宿，与敌周旋，视死如归。葫芦壳战役地势险要，战斗一打响，敌军首尾不得相顾，那是个天然的伏击场所。在那里，他率领部队与主力一道400余人老早进入伏击点设伏，等敌人进入伏击圈，不到一小时，敌人被全部消灭。这是工农革命军的一次以少胜多、以弱胜强的战斗，不仅补充了军需，而且打出了军威。

他，率领部队撤出桑植县城。当转移到大岭槽时，遭遇“围剿”敌军。土地垭，一个居高临下的地方，一条交通要道的重要关隘。此时，成了敌我双方争夺的关键阵地。当贺龙与他率领的部队占领土地垭时，红军后续部队在贺炳南、贺佩卿带领下，也抢占了土地垭左翼，但是，土地垭周围的大小山梁全被敌人占去，大岭槽周围布满如同蚂蚁的敌军。在形势极为严峻时，他令马夫将仅有的一匹战马送给贺龙，要他率领部队撤走，自己则留下掩护部队突围。他带领全团战士从左侧攀山而上，捣毁敌人几个机枪点，但冲到接家台时，敌人密集的机关枪发出疯狂的吼叫，三十多名战士相继倒下。当时，他振臂高呼：“同志们，为了让下一代能吃上大米饭，冲啊……”然后，他虎跃般地冲入离敌仅十米的土台上，扔出一连串的手榴弹，借烟雾、弹尘的掩护，他又冲到正面的机枪点。敌人机枪点的正面发射点被炸毁，但敌人侧面两个机枪点的子弹仍在横扫。霎时，他七处受伤，血流全身，光荣牺牲，时年仅33岁。

他，牺牲了。为他开追悼会的时候，天一片阴沉，河水哭泣，参加追悼会的几千人流下悲伤的眼泪。贺龙亲自用白、红绸裹着他的遗体，然后，沉重地走向主席台，缓缓说道：“贺桂如，作战英勇，不怕牺牲，为革命而死，是全体红军战士的楷模……不幸数处中弹，还在指挥战斗，直到最后倒下。”说到这里，贺龙再也难以控制自己的悲痛之情，失声痛哭："桂如，是我的堂侄，小我一岁，与我一起长大，小时还共吃一个娘的奶……"

贺桂如，永远的英雄！

感悟拉萨心灵的跪拜

眼在天堂，人在地狱。这种感觉，在拉萨，我们得到了真正的体验。在飞往拉萨的飞机上，我们的心一直兴奋着……当扑向这块充满神秘的宗教圣地，强烈的高原反应如潮水般涌向我们，张张嘴唇泛紫、心闷、头脑炸痛，无法说清的难受，不休地纠缠我们。我们喘着粗气，缓缓地挪进入住的房间，等待我们的将是一个长夜的煎熬。

天，终于亮了。我们迫不及待地起了床。走下楼梯，聚在餐店里，相互诉说。服务员看出我们的难受，亲切地说："人生难得来一次拉萨，每一位体验过这里的游客都有相同的感觉，那就是痛并快乐着。这种感触，只有经历过的人才会有的。"频频点头的我们，收住各自浮动的情绪，心想，拉萨人，一辈子能生活在这恶劣的环境里，何况我们还只是像鸟儿一般做一次匆匆的过客呢？于是，我们踩着淡淡的阳光，走进令人向往的八角街。

八角街，一个著名的人文景点。它，依偎在县城边。一块石头上雕刻着"八角街"的字样。那石碑比较瘦，字也不太惹眼。但，这里人气旺。当我们正欣赏街道四周的建筑物时，一位帅哥掉了队，他的形象被这里藏女的眼光偶然撞上。她对着他咯咯地笑。

往前走不远，就是大昭寺。大昭寺，又名"祖拉康"，藏语里则是"经堂"的意思。"大昭"，藏语为"觉康"，意思是释迦牟尼，大昭寺也就是供奉释迦牟尼像的佛堂。一进这里，简直就是进入另外一个境地，外面的吵闹、喧嚣好像都已停止。寺院里，弥漫的是一些自己并不熟知的念经声。那低沉的声音，令我们这些无神论者有点窒息。藏民们一个跟着一个，口里默默地念着经，贴着寺院的墙，按照顺时针方向慢慢地行走。每走到一道小门都要弓身钻过；每到一座佛像面前都要磕一下头，或双手合十，或双膝下跪，或匍匐在地，或虔诚地伸出双臂，或缓缓起身。他们的脸上，不时向我们报以友好的微笑，我们也礼貌地回赠他们莞尔一笑。那一刻，我惊诧了，我真的不是一个信徒，但，身处如此圣洁之地，我不由自主地跟随着他们，毫无理由地默念着、行走着，也磕着。那里有一种震慑人心的气氛，庄重而神圣，没有任何打闹，所有不同年龄层次、不同社会阅历、不同穿着的人，都拥有同一个信念，那就是专注地祈祷。在我的身后，一家藏民问我从哪里来，我说是湖南张家界。他们则来自唐古拉山。因为，他们家里有人出了事，所以，千里迢迢来到拉萨跪拜。他们告诉我，只要诚心跪拜，一定会得到佛祖的保佑。突然间，在我的大脑里，浮现出许多曾遇难的朋友的印象，心揪得疼，眼泪夺眶而出……在那逃不掉的压抑中，低沉的念经声，总是缠绕着我的那颗心。在一种难以名状的敬畏感中，夹杂着丝丝的悲凉与忧伤，渗入我的身体，直抵我的心肺。

走出大昭寺，庞大的虔诚跪拜场景，依然浮现在我们眼前，一尘不染的蓝天白云任凭我们静静欣赏。在这样的天空下，在大自然的力量面前，我们想着，在这里，贫苦藏民的生活，的确是一件太艰难、太辛苦的事，追求宗教的抚慰或许是一条必然之路，如果没有信仰作为强大的支撑，他们确实难以生存。这地方，物质匮乏，连空气都如此吝啬，产生更多的欲望，对于他们来说，根本没有多余的空间，他们必须磨炼自己的心态，蔑视物质，蔑视享受……想着想着，一位只有左腿的高个子突然跳到我们的面前。他负着沉重的背包，不知从哪个方向过来。听人说，他来自四川。他就是这样子，没有地方住，没有东西吃，都不要紧，能到拉萨跪拜就是他一生的心愿。一路上，他用身体丈量土地，用灵魂、用思想以及脚步、头额和胸膛来到拉萨。我们可以推算一下，磕一个长头 15 秒，他每天就算磕 8 个小时，要磕多少个长头，每天能前进多少？他可能从家出发已经一两年了！他的脸，黑如煤炭，但，心灵洁白无瑕。他热衷于苦修，大胆地突破肉体的苦难，收获平常人难以体验到的幸福与满足。

我们见着他褴褛的衣裳，瞧着他寂寞深邃的脸，看着他额头因跪拜留下的斑痕，无法不动容。我们给他捐献了一点儿钱，表达自己的一份敬意。

观看拉萨跪拜结束，坐在从拉萨开往西宁的火车上，我们又拉开谈论的闸门。话题核心是信徒们的跪拜。大家你一言、我一语，畅所欲言，谈起拉萨跪拜的短暂与久远。真是公说公有理，婆说婆有理。我没有插嘴，什么也不想说，因为，对拉萨的跪拜，没有深层次的思考与研究，至于何种答案标准，我无法作出正确的评判，但，个人的观点一直躺在自己的肚子里，总认为他们的信仰是虔诚的，是一种灵魂的跪拜，浸透着一份令人尊敬与羡慕的从容与宁静。

夜里，车轮“哐啷哐啷”地响个不停。它同我们一样，没有一丝睡意。不久，车内悄然响起一曲女高音“是谁带来远古的呼唤，是谁留下千年的祈盼……”我贴着窗，倾听着这首高亢的歌曲，脑子里，又浮现出蓝天白云下心灵跪拜的情景。

|第五辑|

生命中的岁月

住在山沟里的母亲

在城里，一听到喊妈的声音，我立即就会想起脸上镶满阳光与泥土的母亲。

山沟里，住着我的母亲。她，像个哨兵，坚守着自己双手竖起的木屋，耕耘着几亩责任田地。

为了孩子的学费，父亲常去山里砍柴。一次，他看到一棵干柴，爬到拒绝人行走的高坡上，抱翻树桩，滚下石壁。

父亲走后，母亲的心，积压着，苦闷着，几乎碎了。稍有空，她悄悄地去父亲坟边走一走、看一看。在那里，轻扯长在他坟上的杂草，怕压痛他的身子，还安慰："你不要忧郁，周围有长辈陪着你；这里，离你亲手建起的房屋也不远，有空，还是回家看看，我会经常来看你的。"

父亲走后的第二年，田土到户。组上给我家分了两亩田、三亩地、半坡荒山。母亲用微弱的身子支撑着我们还没有长大的四姊妹。她，没日没夜地在田地里转。晴雨天，她还去责任山里打柴，你叫她别去，等你一转背，她却进入深山。傍晚，一捆又一捆的柴火挤满自家的走廊。

母亲病了，是通宵照看稻田水累出病的。我左劝右劝，几乎说了一箩筐好话，怕晕车的她才被我接进县城治疗。

在城里住院一周，她才想喝水、想吃东西，笑了起来。出院后，我带她到城里还没转上一圈，她说，脑壳转晕了，不好玩儿，走，回去。她在我家住几天后，觉得一点儿不自在，不是我们照看不周，而是她觉得城里不像农村，没地方玩，门不能串，话无处说，做饭买菜贵，尤其城里没有农村安静，一天到晚，耳朵里闹哄哄的。我说："母亲，你万一住不惯，回老家吧？"

母亲快上车回去，我取出身上仅有的钱给她，说："母亲，钱不能代替孝顺。"母亲看着我，说不要，说我的孩子小，要读书，要的是钱花。我把钱塞进她的口袋，母亲总是不要。母亲扯着我的衣领，拍着我的肩，摸着我的头，说我的头发长了，要剪一剪，才上了车。车上，她把头探出窗外，笑着说："有空了，还是回家看看！"

我回了老家，立在街沿，摇着门上的大锁，转几下，拉几下，不开。准备找她时，叔叔家的小姑娘走过来，说我的母亲到对面山上挖红薯去了。这时，我才明白年初叫母亲把责任地租出去，可她一直没往外租。当母亲拄着锄、背着满背的红薯走进屋时，我双手托着那沉重的背篓，心一酸："明明叫她不做了，她却闲不住。"我跟她说："你身子弱，少做点，好不好？"她却说："我多做一点，你们回来也可以多背得一点。现在，我还累得起，到我真正动不了了，那时候，就只有靠你们了。"

第二天，我要返回县城。母亲起得很早，给我做饭。准备吃饭时，母亲眼湿湿的。我问母亲："你哪里不舒服？是不是我说错了话？做错了事？"我的话还没说完，妹妹跑过来，拉我走到一边说："刚才，她到叔叔家找口袋，想给你们装点米带进城，可叔叔找口袋时，不知怎么顺手碰上你写的《父亲》那张旧报纸，叔叔拿出来一念，碰到母亲还没愈合的'伤口'。"看到母亲慢慢走进房屋，我也跟了去，不知母亲从哪里取出我父亲的《民办教师任用证》，轻抹着证上的模糊照片。我诚心要带走那个证件，母亲不许，坚决不许，说只剩这一张。说完，她又走进房屋，把那个证件藏了起来。

"有空了，还是回家看看……"返城时，母亲重复着这句话。

父 亲

父亲已走了二十几年。

父亲是民办教师。他待学生如子，有学生和学生家长称他为“爸爸老师”。但，不知何因，我成了他的出气筒。一次，我与班上同学在教室里追赶，小兵碰倒木黑板弄得室内乌烟瘴气，学生像满田的青蛙立即叫起来。我父亲赶来问是谁干的，在场的同学都默不作声。当时父亲用一种严厉的目光刺向我，我忐忑起来，多么想得到他公平处理，可他不问青红皂白就用教鞭打起我来，在场的有个学生实在忍不下去，说：“谢老师，你打错人了！”他才松手。当天晚上，我不敢进自家的屋，硬是等父亲办公房里电灯亮后，才走进火炕屋里。一进屋，正在砍猪草的母亲走近我：“听你爸说了，你受了委屈，只怪你是农民的儿子。人家是双职工的子女，惹不起啊！……”母亲安慰我时，分明看到她的眼眶已经湿润。

后来，为免除不该受的皮肉之苦，我变得孤独起来。孤独中，我发愤读书，两次跳级进了中学。进中学后，父亲常到学校来看我，脸上呈现出的是一种真实的慈祥，一种由衷的喜悦，一种殷切的期望，一种欣慰，一种光彩，一种爱。有次，他到乡里开会偏偏不住旅馆，却与我挤睡在寝室里。清早，父亲要走，我送他，可父亲反反复复地叮嘱已经重复无数遍的话语，我说我都背得出来了，父亲努力一笑，用他粗糙的大手摸了摸了我的头。我送他到校门口，父亲从贴肉的衬衣里抽出 10 元钱，说："饿坏了肚子不好……"我从他那长满老茧的大手里接过一张薄薄的人民币，仿佛接过一座山，沉甸甸的。那一刻，我看见父亲两鬓钻出丝丝白发，望着他那灰布衣的背影，我的心一阵战栗。

这次见到父亲后，我发现他变得沉默起来。不是因为别的，而是为儿女读书操碎了心。1980 年的隆冬，父亲为筹措孩子上学的费用到橘子湾打柴，想砍掉山坡上的一根木桩，吃力地爬到那地方，双手去抱那木桩，一晃，竟连人带桩从几十米的坡上滚下山沟。当我赶到这里，母亲已哭嘶哑："儿啊，你的命，好苦啊……"当时，我恨不得跳下这山坡看看父亲摔成什么样子，只要他有一口气，我都要送他到医院抢救。母亲拉着我的手，说："莫去呀，才儿，已派人喊叔叔他们，快来了……"当时，似万箭穿心。我使劲地喊："爹！爹啊！……"不久，二叔、四叔跑到这个山沟里，找到了我的父亲，发现他的衣服被撕烂，头被撞破，血流一地，脚上系着一只草鞋，双眼微睁。叔叔们看到我父亲的样子，摇了摇头，叹息着，只好把他抬回家。

父亲走了，永远也不会回来了。

每当我看到挂在家中墙壁上的那根发光的教鞭，我一点也不记恨它，似乎它时时却在鞭打着，生怕我在人生的旅途中走入岔道。

送女儿上大学

我送女儿上大学刚返回自家门口，妻子就忙跑过来："女儿在那边还习惯吗?"我点点头。

女儿高考后，大学通知书是从西北农林科技大学那边发过来的，速度有点慢。红红的通知书里，书写着大学的第一年在宁夏大学。

快入学时，妻子对女儿说："恩恩，妈妈坐不得车，只好爸爸送你去。"正在看电视的女儿掉过头："你们都不要送，我找得到路!"

女儿说找得到路，没错，她毕竟高中毕业，懂些地理知识。前两天，我发现她拿着一张地图画来画去，似乎已找准走哪条线路远，走哪条线路近，但，让一个从没出过远门的女孩独自出门那么远，有点不放心，想当初自己比她年纪还大的时候，来到县城都闷了街，何况她这次要经过好几个省。

动身时，妻子把一口大皮箱和一床新棉絮往我肩上一搁。我明白，这时，要我用肩扛起一个做父亲的心。我们走到汽车站，上了车，女儿与她的妈妈道别。车子开出站，快转弯时，我无意间把头伸出窗外，看见妻子仍站在汽车站的门口，目光紧紧地咬着车子。

汽车到张家界火车站，我把行李放在一个小餐馆里，叫女儿照看，再三叮嘱女儿："别走动，我去那边买票。"等我买票回来，女儿轻声对我说："爸，你走后，我是一步也没有挪动。"

许久，火车"轰"的一声响。人们提着或背着或扛着大包、小包的东西往站台赶，怕火车等不及开走。当我们跑到7号车厢时，车厢门挤得水泄不通。女儿好不容易快挤上去，却又被下车的人挤下来。这时，我使劲地把女儿往上一推，上了车。

火车上，走廊里的人像虫子一样蠕动。女儿看我张望，拉着我的衣角，说："爸，这儿可以。"她说的这儿，是在一个洗脸架旁。我们把行李往那里一放，算是有了座位。旁边有个站着的人，风趣地对我们说："你们倒还好，既有硬座，又有硬卧。"女儿坐的是"硬座"，我坐的是"硬卧"。我多次要与女儿交换座位，她不肯，总是说："这里很好。"

夜深，闹声少了，许多乘客打起瞌睡来，铁轨早已进入梦乡，可火车还醒着。这时，一个老奶奶不知从哪个车厢挤到我们面前。她从包里扯出一张旧报纸铺在走廊上，坐下来，女儿连忙让她坐自己的"硬座"，自己却坐上垃圾桶。车上的垃圾桶不像城市的，多数时间闲着，这里的不时有人给它喂"东西"。每喂一次，女儿要站起来让一回，伤心的是，一个乘务员走来，不准她坐在那上面。女儿只好站着，那位老奶奶给她让座，女儿总是摇头。女儿站了好几个钟头后，终于到了一个中转站。到中转站，女儿给她的妈妈拨去一个电话。拨这个电话前，明明与电话老板说好三角钱一分钟，可女儿还没拨上一分钟，老板硬要三块钱。看出女儿准备与他较劲，我连忙把她拉开："走，火车上的人不是说了嘛，这儿电话不好打，算了。"

到了这里，我的腿酸起来，痛起来，喉咙里也像卡着什么东西似的，咳不出。我便想在这里逗留一日，女儿看出我的神情，对我说："爸，我去买票，你在这儿等。"我踌躇一会儿，终于决定让她去买。我跟女儿说买硬座算了，女儿却说："给你买一张硬卧，我买硬座。"

从这个火车站经过西安到了宁夏。宁夏，风光秀美。你问路，这里的人给你说得清清楚楚，就是坐的士车，司机也会跑最近的路线。

女儿到学校报了到，注好册。女儿的寝室，四个学生一间，有云南、河南的同学，她们聊得像姊妹一样亲热。第二天，我要走了，女儿走近我：“爸，我会好好读书的。”她要送我到火车站，我不让她送。我轻轻地说：“恩，爸爸回去了。”她抬起眼，茫然不知所措，机械地点了点头，声音小得有点听不见。

想起小时候，每回要离开她时，她总是抱着我的腿，哭着，喊着：“莫走，别丢下我，把我带上！”她毕竟长大了，毕竟是大学生，没有做声，也没有跑过来，木头一般地立在校门口，傻了一样。我转过身，狠下心，走出校门，不敢回头，因为，女儿一定还站在原处看着我。

没走好远，我觉得眼睛有点模糊，便摘下眼镜，抹一把眼，那泪水滚了出来。

感悟生活

——一个乡党委副书记的日记摘选

1998 年 10 月 21 日

阳光早早地洒满了大地。早上八点，田副县长送我去两河口乡，让我到新的环境里吸取大山的甘露，充实人生。

车子转了一个弯又一个弯，过了一座桥又一座桥，翻了一座山又一座山。我的心，开始焦急：怎么还不到？这时，送我去的副县长说："山里，是一所造就人才的大学……"谈话中，两河口到了。

10 月 23 日

有人愿意活得辉煌，有人愿意活得壮烈，有人活于浮华的光环里。我不然，我愿活得实在些。

不少朋友常对我说，当初到城里干得好，下乡干什么，何必自讨苦吃。我认为，一个人不管生活在什么样的环境里，关键要有自己全身心爱好的事业。这样，不一定是社会赋予的责任，更不是他人强加给自己的要求，而是自己将生命融于其中的那种爱，那种追求，那种寄托。这种事业，给了你生活的愉悦和光辉，是你人生的依托和脊骨。有这样一份属于自己的事业，不管丽日晴天还是黑云狂雨，你都会保持充实、坚定，泰山崩于前而色不变。这样一份事业是人生的灵魂、生命的本质。

12 月 4 日

今天，我乘一辆手扶拖拉机去了白竹科村，后步行于丰岩河组。这里大山如画，一些丛林披挂在一层层奔如野马、舞如龙蛇的雄峰上，黄的、棕的、红的、绿的、褐的树；圆的、长的、宽的、短的叶，在青石外编织着森林的童话，一切鸟类、兽类、虫类、菌类……在这里演绎着生命的狂欢、顽强与竞斗。一切有感知的生命在注目惊险的壮举，一切没有感知的生物在无视这危险的平凡。

1999 年 2 月 9 日

今天，为解决某村两户邻居纠纷，其中一户专门挑选 20 公斤水果悄悄送给我，其目的欲减轻处罚程度，不论怎么劝，我都拒绝，其纠纷仍按“一分为二”的原则合理、公正地裁决。

回乡政府办公室，我坐在办公室桌旁，展开想象的翅膀：春天的脚步又响了，春天的绿色又在呼唤生命走进春天，从事政法工作是我正确的选择……

4 月 5 日

群众是通情达理的，尽管他们对我们少数基层干部的工作作风极为不满，但从内心来讲，他们是拥护党和政府的，对上级调来的干部也是相当关心和爱护。哪怕你只做一件微不足道的小事，他们都会念念不忘，非加倍回报不可。今天，一位李姓的村民，要我到县城帮买一块电表。我到县里办妥给他，他由衷感激：“你是好样的，要是我自己去办，花上几十元车费不上算，其店在何处也是丈二的和尚——摸不着头脑！”

5月9日

早晨起床，推窗外望，但见薄雾笼罩着群山。远处的景物，一片迷蒙，迎着大雾，我与乡党委书记袁森、派出所所长陈新海下到田家村，了解该村近段时间的工作开展情况。当言及政法、综治工作时，村民们说：“恢复乡以后，当地政府在抓社会治安方面下了功夫，现在村里安宁多了。”

7月3日

文学的历程乃心灵的历程。我从县政府文教卫办下到农村后，新老文友都关心地对我说，下农村是一笔财富，文学离不开真实的生活。要我用心体验，感悟生活。因此，独自一人常常利用空闲躺在床上（宿舍是租的，椅子是歪的，桌子借有一张）看书写作，只要《张家界日报》一到，几乎每张必阅，文学书也嚼了不少。在读书、看报的同时，我未让手中笔在大山里生锈，用心将平常的难以言明的情愫付诸文字，用自己心中的热血像浸泡种子一般浸泡那些文字，将那壑幽幽而生远、林莽莽而空旷的灵感记入文字，寄报刊社发表。在大山里，我闻到了生活的气息，体验到了人生的价值。

8月10日

蓦然回首，斗转星移。基层工作快一年，我深深地体会到：山村是一所使人进步的学校。

山村培养了我艰苦奋斗的作风，缩短了我与群众的距离。通过下村，天天与群众打交道，耳闻目睹贫困山区群众的疾苦，不仅拉近了与群众的距离，更是心理上与群众贴紧。有段日子，我下村时脚腿不适，疼痛难忍，晚上躺在床上，身子像散了架似的难受。

不过，很快，我适应了山区生活。今天，走几十里路，轻松自如，甚至觉得爬山成了一种莫大的享受。是的，在农村里，压根儿没有上下班的概念，一天往往工作十余个小时，因村民日出而作，日落而息，开会和研究问题，不得不安排在晚上进行。这样，苦是苦了点，但苦中有乐；累是累了点，但累得其所。

生命中的岁月

生命于我而言，是本难读的书。

生我的那个地方很穷，不过现在发生了变化，村民不愁吃不愁穿，砖房也耸起了几栋，公路延伸到我家门口。这就是桑植县龙潭坪镇桥头村。

我能活到今天，算是幸运。我曾先后两次与死神擦肩而过，一次比一次危险。第一次是在一个炎热的夏天，我跑到凳子岩河中洗澡。洗澡处，有一块大石板，板中有洞，洞内可游人，不少孩子和大人常在这里钻进钻出，我试探着钻了进去，哪知这一钻差点被石柱卡住。我用力挣脱，才钻出来。钻出来的我，脸色铁青，呛了不少水。还有一次，是我为了积攒零用钱，去阴湾里砍竹子卖。这地方悬崖陡壁。我砍着砍着，碰到一窝黄蜂，几只蜂飞来蜇了几箭，我准备躲开，可踩到石头，一滑差点滚下万丈悬崖，恰好被一根藤子拦住。我好担心这根藤子断掉，顺手抓上牛网刺使劲往上爬。这刺好尖，手上鲜血直流，我顾不上这些，继续往上爬，一直爬到能坐稳的地方才抓把泥巴糊在手上。之后，又用镰刀割下衣服上的布包扎。这一次，若不是那根藤子，我的骨头早打得鼓了。

我活下来了，可我的父亲没到我现在这个年龄就无商量地撒手人寰。他走时，极不情愿，他担心我妈那虚弱的身体，担心无人照料自己的孩子。父亲的死，逼得我这个想读书的孩子辍了学。母亲把我拉到她面前："才儿啊，你要懂事了，不能怪妈不送你读书，我就是把家里东西卖完也供不起你们上学。你弟身体弱，三天两头感冒，你爸在时，把他一肩顶到这儿一肩顶到那儿打针。两个妹妹（尽管长大后是要嫁人的）还得让她们多识几个字吧。现在你们要争气，莫让人家亮眼睛啊……"母亲讲着讲着，昏过去了。我用双手使劲地掰着她咬得死紧的牙关，然后用剪刀撬开。一撬开，她"哎哟、哎哟"地哭了起来。我劝她别伤心："父亲已死了，哭是哭不回来的。"母亲死死地捏着我的衣角："奈何桥那儿不准我过，说我的孩子无依无靠……"

父亲去世后的第二年，我侥幸参加全镇招聘民办教师考试被录取。我走上讲台后，母亲担心我工作的饭碗被别人挤掉，经常叮嘱我："你要像你爹那样教书，在村子里教书，大人小孩都喜欢你。"我点了点头。在实际的生活、工作中，有时不随你想，学生不听话，我就用拇指和食指捏他们臂膀，表面捏衣，实属捏肉，被捏过的学生都怕我这一"招"。他们背后议论："谢老师牵了你的手，那就拐哒，好痛，连生眼水都搞得出来！"有次，一个学生哭哭啼啼回家当着他爸讲了我体罚他的事，这个家长打着火把下山找到我叔叔。我叔叔当时是学校负责人，讲话很有说服力，说走了他。次日晚上，我叔到我家当着我和我妈的面谈起这件事："德才，你今后教育人要注意方法，今天，有个家长气冲冲找到我，硬要找你麻烦，是我说服了他，他才没来……"这时，母亲走近我："现在人家的儿女都看得贵重，你莫体罚他们，上次，我跟你是怎么讲的，你爹工作几十年，从来没体罚过人家的孩子。"

我真正读懂母亲，读懂母亲的期盼是在这次之后。随着岁月的流逝，在孩子们的心目中，我逐渐成为他们尊敬的对象。从此以后，我明白了知识的重要性，因为，自己毕竟只读过一年高中。为扩充知识领域，向村小曾老师学，他原是初三语文把关教师，古文功底厚实，我规定自己每两天到他那儿背诵一篇古文；向村里一位文章写得棒的老先生学；再就是在家自学，常常是睡半夜起五更。

渐渐地，我成了全镇的教学能手。

因有了点名气，邻村的白竹坪片小要调我去工作。为这件事，两个村的支书差点闹起矛盾，本村支书认为本村民办教师是由本村负责报酬，要去支持他村，想不通。邻村的支书认为这是工作的需要。不过，这事最终还是和平解决，让我去了那所有百名学生的片小。这个片小当时属于全镇规模最大的，负责人是我舅舅。他是个舞文弄墨的人，一心想当作家。可没等我熟悉那儿的环境，他却要调到县里去，把学校负责人这把椅子交给了我。

我一肩挑着孩子的希望，一肩挑着村民的期待，创新工作，成绩显著：小学六年级毕业检测成绩期期位于全镇前茅。

1992 年，可以说是我人生发生转折的一年。这一年，我参加了全县民办教师录用考试。报名那天，我淋得像个落汤鸡似的跑到联校校长办公室。校长姓吴。他把我拉到一边说："只要你考试录取，就调你到联校当主任。"当时，我浑身是劲。后来一考，如愿以偿，吴校长也兑现了他的承诺。

在这个位置上，我用汗水演绎着美丽的青春。

不到两年，区联校调我去当业务主任。

区联校在凉水口，管辖谷罗山、龙潭坪、桥自弯、苦竹坪、四方溪、凉水口等乡镇。这里的山水对我来说都是陌生的。我踏着陌生的山路，渐渐熟悉了山里的学校，熟悉了山里的教师，熟悉了山里的孩子。记得一次去云头山采访一位民办教师，从天亮走到天黑，后来写出了一篇《云雾楼里写春秋》上了市报，登上省刊，改变了我的命运。后来，我被调进县教育局，住在教工之家二楼的一个客房里，那屋里的板壁上糊满报纸，报纸上沾满尘灰，一桌、一椅、一床，算是我的行李。

调进县教育局的第一个晚上，我是躺在办公室的沙发上睡的。七八个材料要赶出来，比挖荒地还苦，不过我还是按时写了出来。后来，写多了，摸到一些调子，适应了。一年半后，我就调进县政府办当起秘书。在县政府办当秘书比在教育局当秘书还苦，常常写的东西要带回家写，别人深夜睡得鼾声如雷，可我还要苦思冥想。

依稀记得去麻阳县考察，白天考察结束，晚上几个人拿起扑克还未干上一盘，领导推门而入："小谢，明天早上八点，要看考察汇报。"听着这话，玩兴全消。

后来，我任县文教卫办副主任，再后来，我下到基层当了乡党委副书记。

政法是我分管的主要工作，另兼管文教卫、国土等。在这工作，手下的人手齐心，干起工作来顺心。报到第二天，田湾村的一位老奶奶拄着拐杖来到我们面前："是乡政府干部吗？我家有事要你们处理……"这件事，还是没有撤区并乡镇时遗留下来的，已有三四年了。就这件事，我们花了整整一天，处理得双方心服口服。农村真是所磨炼人的大学。三个春秋，我尝到了这里的酸甜苦辣，性格得到了磨炼，语言得到锤炼，能力得到锻炼。乡政府换届时，我调回了城，进了教育局。工作之余，我想起了写作，想把那些在山村的所见所闻所感用文字表现出来，让读者评判，但认为搞文学的人是寂寞的，很容易看破红尘……很久的思想斗争，我还是拿起笔写成第一篇小说《棉衣组长》发表在《湖南作家》上，后来在《芒种》《辽河》《海燕短中篇小说》《时代文学》《散文百家》等刊物发表文学作品。渐渐地，我成为省作协会员、中国散文学会会员，走进了毛泽东文学院、鲁迅文学院，到那里我找到了创作优秀作品的奥秘：作品的伟大，靠伟大的情感来构造；作品的伟大，靠伟大的精神来构造。

回想走过的岁月，方知人生这部书是多么的难读。

|第六辑|

创作中的声音

在鲁迅文学院的日子里

——著名作家、鲁迅文学院副院长白描谈文学

听白描讲课是一种享受。

白描认为，一个作家成功的因素有很多，但，一个决定性因素就是素质。素质提高了，成就就大。否则，尽管是作家，但成就可能有限。他说，著名作家路遥、陈忠实、贾平凹这三个人都是陕西的，都是他的朋友和同事。路遥是陕北的清涧县人。有一个晚上，路遥的父亲带路遥走了很远，在一个瓜棚里住下来，实在又冷又饿，就去人家地里打两个玉米棒子，还没烤熟被人发现。当时陕北很穷，但偷的事不能容，父子知道在劫难逃非常胆怯。他俩把情况说了后，农民尽管很生气，还是放过他们。多年后，这件事，在路遥心里刻下深刻的印象：陕北那么穷，却能宽宏大量。

“贾平凹小时候很瘦。有天，他很高兴，家里养了一年的猪要卖。他母亲为他上路准备好饼子，贾平凹吃了很多，结果走到半路上肚子疼，贾平凹就在猪面前生气，使劲踢它，不让它撒尿拉屎。陈忠实十二岁以后，为考初中，第一次出远门，这次他走的是沙石公路，发现脚下疼得不行，手制的鞋已被磨破，就抓把庄稼叶子垫上，又把毛巾垫上，再把课本撕下垫上，都磨穿了，血肉模糊了他的脚。当他快放弃时，突然听到呜呜的火车叫，他平生第一次看见真实的火车，同时看到车窗里有好多人，有一个与他同龄的人也坐在车上。他突然有了一个想法，原

来这世上有很多人不用脚走路。从此，他获得一种力量，坚持走到镇上，考上初中……”白描作家讲到这时，我的眼湿润了，绝大多数学员的眼也湿润了，觉得像经历了一次灵魂的洗礼。他看到我们心里难过，想着我们的思考，接着又讲起路遥、陈忠实、贾平凹这三个人在文学上的成长。他说他们都是新时期有重大影响的人物，在文学上取得的成就是举世公认的。他们的作品丰富了我们的文学宝库，感染了读者，同时，也是许多学者、专家研究的对象，但有意思的是，这三位精英人物都没受过精英教育，甚至连系统规范的教育也接触甚少。比如路遥，初中毕业就回了家，后来，“文化大革命”开始，他在延安大学读了三年工农兵大学，再后来《陕西文艺》杂志抽调了他。贾平凹也是初中毕业就回到了家，陈忠实连大学都没上过。这就提出了一个问题：作家作为一种职业，当一个作家需要一些什么样的准备？

而今，有一个论调：“大学里培养不出作家。”

白描说，有些人尽管没有受过高等的、规范的教育都成了优秀作家，到底是怎样成长起来的？他认为就是精神生态系统对作家创作事业非常重要，而作家这个行当与别的行当不同。一个科学家精神生态系统可能很苍白，甚至可能很幼稚，也一样能成为科学家，但作家不同，一个作家的成功涉及很多方面，有个人成长、价值尺度等内部的，宗教、文化观念等外部的各种因素影响。所有这些显文化或隐文化的东西，都综合地在一个作家身上发挥作用，这是很关键的，还有精神生态的东西，尤其是作家的感情体验。这时，白描笑了起来，那笑像冬日里的阳光，又暖又软。他说，从创作的发端来看，任何生活现象只要变成一个人的心理现象以后，才能最终转化为文学现象。心灵和情绪上的感觉和感知是这种现象的必由之路。第一是感情积累。只有心理上有了足够的积累以后，心灵和情绪上的感觉和感知，才能更好地反映出来。如果一个人没有经历过大灾大难就难以产出撼人的作品，如屈原受贬、杜甫遭逢安史之乱、曹雪芹家道破败等。古人言：“世事洞明皆学问，人情练达即文章。”讲的都是这个道理。

白描说，在20世纪70年代，与时任陕西人民出版社编辑贾平凹一起承编一个刊物时，一起出去，观察同一生活，回来一起写一个东西，自己写得细致入微，贾平凹写得却完全不同，因贾平凹的想象力异常丰富，自己是写实的，而贾平凹写的很多东西都是通过联想加以幻化后想象出来的东西。一个人在现实生活中的境遇，可能在虚幻的世界里加以想象和创造。对于路遥、陈忠实、贾平凹来说，他们早年承受的苦难成就了他们，是命运给了他们机遇，是苦难成就了他们。白描认为，奠定路遥在中国文坛的地位，是《人生》，这里面，写到一个非常可爱的女人刘巧珍。白描说，当时很多人问路遥是怎样写出来的。路遥说，陕北的农村女孩不上学，有的一辈子可能没鞋穿。自己从小非常自卑，不敢到男孩子堆里玩，裤裆补过多少遍，一玩儿可能就扯开了，这使自己非常羞怯。往往这时就有一个女孩把自己拉到一边，帮他把衣裤缝上……路遥曾说过这样一个细节：一个女孩对他非常好，他没有什么可报答她，就盼着山上的野杏熟，到时摘一捧去给那女孩……正是有了这些活生生的形象存在于他的脑子里，导致刘巧珍这个人物在他的作品里出现就成为必然。如果说他在生活底层里没有如此体验，他没有和这些女性形成友谊，其作品里是不可能写到如此地步的。当时，我清楚白描讲这话的意思绝不是要大家去寻找苦难，也不是说只有经历苦难才能成为作家。他是要我们明白，对于作家而言，苦难是可以转化为财富的。好多职业的苦难是不能转化为财富的，而作家的苦难则一定可以转化，再就是无论有没有经历过苦难，要想成为作家，一定要具备一种能够体验各种感情形态，洞悉各种人情世故的本领，就可以在一个点上钻下去，不怕极端化，但一个小说家不懂人情世故，想写好小说是不可想象的。这对于作家素质而言非常重要。

白描说，文学创作是一种高智能的工作，要进行多方面的训练，不能忽视。比如路遥、陈忠实、贾平凹这三个人的成功，还有一个因素是不断读书，不断吸取各种素养，不断写作。他们没有受到过精英教育，但他们在文学创作前的准备工作、在文字的表达准备上做得非常扎实。有次路遥借了一部《静静的顿河》，一个礼拜要还，他读此书有时可以读到睡着；陈忠实离家五里的地方有一个图书馆，他从小就去读；贾平凹读“孙犁”，可以说每句话都读三四遍以上。著名作家巴尔扎克、果戈理都是读了大量的书和做了艰苦的准备工作，创作才有良好的开端。

课间，同学们争着找作家白描签字，白描给我签下的是：“创作就是自己和自己在较量与搏斗的激情中给读者留下印象。”他边签边说：“创作在很多情况下，表现出来的是作家自己与自己较量、自己与自己搏斗。”

基于这一点，是否具有坚韧的品格直接决定作家成就的大小。任何一部名著的诞生都包含作家这样的艰苦。创作是一种创造性的劳动，是创造就必须超越。作家要超越，首先要培养一种意识，就是无榜样意识。他的经验可以学，拿过来，却不能照学，因为就文学而言，一部文学发展史，就是在不断吸收和借鉴前人经验的基础上不断超越前人的历史，没有这种超越就不存在本质意义上的文学。这话是否有点绝对呢？实际上，作家心中可能有楷模，不可能没有榜样，但是，这个榜样，在他心中只能是精神楷模，只是方法途径，而不是作家自己的写作方向。他讲到这时，我马上回忆起肖洛霍夫在写《静静的顿河》第一部中也学习了果戈理的写法。

那么审美的理想在什么时候起作用呢？作家是怎样一个较量方法

呢？白描从三个层面讲了起来。先是基本功的较量，基本功在于一个作家想要表现一个东西不会形成不了文字，不会写不出来，哪个人也能写出，写得更好，我们很容易看出来，有的作品是看到最后才知道会有什么事，有的则不用看到最后，只看前几页，甚至不用看作品，从一个留言条都能看出文化水准和文字的基本功。一个作家要画山像山，画水像水，这是最肤浅的，也是最基本的较量。其次，要有才气。一个作家有没有才气非常重要。有些人的作品，你觉得基本功很好，但，就是没有才气，有的人非常灵动，写东西能别出心裁，这就极容易形成自己的风格流派，这个较量比基本功的较量又高一个层次。最终的较量是一种人格的较量，有什么样的人格就会出现什么样的作品，一个人格委琐的人，绝不会写出一个大气磅礴的作品。白描说，一个作家看原来的生活，只要换了位就会有一种全新的重新审视。他跟我们说，大家来了鲁迅文学院是换了一种纯文学的生活环境，又换了一个从原地到北京的地域变化，这些都是可以帮助你们进步的，文化视野上不要把自己局限住，不要太狭窄。陕西作家过去提出一个口号：走出潼关去！也主要是让全国读者认识陕西作家的作品，这不是容易的，首先人要走出去，要把自己放在中国这个大文坛，不单放在陕西，这对当时陕西作家自身的一些调整非常有帮助。这时，我的脑海中想起了贾平凹写山里人的生活，非常有趣。他写现代都市人的生活笔下带涩，但，后来开阔了眼界，笔下就灵动起来了。

白描作家讲座结束，学员们都说在鲁迅文学院听到了文学创作的真实声音。

听钱理群讲鲁迅的散文

雨，点在脸上，虫子一样地爬。风，刮得紧，呼呼地喊，一片又一片的树叶，经不起它的吼，便在地上打起滚来。在这样的天气里，我走进了中国散文研讨会的大课堂，体验到了北京大学教授钱理群给我的丝丝温暖。

钱理群，北京大学中文系教授、博士生导师，著名学者、文学理论家，鲁迅、周作人研究专家。他主要从事中国现代文学的研究与教学。他不仅会写、会研，还会讲。他出过很多有分量的书籍。虽然，他的年纪偏大，但讲起课来，许多年轻人都逊色于他。

“作为散文家的鲁迅”是他讲的主题。我在上中学的时候，对鲁迅的散文不怎么“感冒”，觉得他的东西不好读，读不懂。后来，读多了，读出了味道，读出了调子，像我喜欢自己的眼镜一样舍不得随意丢掉它。我曾研究过他的散文，是浅的那种研究，一直处于朦胧感觉。但是，感到鲁迅的笔像刀，那东西不是写出来，是雕出来的、刻出来的。无疑，他那激励的文笔和深刻的思想，赢得人们的热爱和尊重。钱教授给我们讲鲁迅的散文，他那严谨治学的态度，不得不使我们凝神专注，生怕走落每一句，他分四辑展开讲鲁迅的散文。我们最先听到的是鲁迅的闲话散文。他说鲁迅闲谈的范围并不小：谈旱灾，谈三寸金莲，谈洋米，谈裸腿，也谈古文，谈白话，谈大众语。从钱教授的引导中，我们感受到鲁迅在不经意闲谈中的思想与情感的深邃：在“爱”（父子之爱，师生之爱，朋友之间的爱，“下等人”的爱，自然生命的爱）的呼唤的同时，更有对“死”的逼视，可以说，这是一个人间乃至宇宙的“至爱者”（保姆，父亲，朋友，革命者以及小动物）被“死亡所捕获”的故事。慈爱的背后，有着说不出的生命的悲怆感。他说鲁迅的闲谈，看似并无边际，即所谓“任心”而谈，但，心有所系，就有一个潜在的共同话题：关于“爱”与“死”的体验与思考。由此，焕发“慈爱”与“悲怜”情怀互为表里，构成鲁迅这类闲话的特殊韵味。尽管是闲谈，但，鲁迅仍不回避自己的现实关怀与思想的锋芒。这本也是“谈闲天”的特点：普通民众，即使是“乡下人”，在谈天说地时，也会慷慨激昂地议论时政。从鲁迅的《狗、猫、鼠》《无常》诸篇里，可读到鲁迅对知识界的“正人君子”的“偏侧一掷”，而《二十四孝图》里，更有这样的震天怒吼：“我总要上下四方寻求得到一种最黑、最黑的咒文，先来诅咒一切对白话、妨害白话者，即使人死了真有灵魂，因这最恶的心，应该坠入地狱，也绝不改悔，总要先来诅咒一切反对白话、妨害白话者。”这样的凄厉、怨愤，使鲁迅的慈爱与悲怆更显丰厚，足见其风骨。听钱教授这样一讲，大家油然生起鲁迅的闲谈散文中的硬气，更得到一种极大的思想与审美的享受。

钱教授在讲完鲁迅的闲话散文后，站站身，加重语气说：“我们看鲁迅的散文，不能在‘百草园’的《朝花夕拾》里流连太久，还得钻进鲁迅的‘另一个园子’的《野草》丛中转一转。”转进《野草》中，除见到鲁迅那共同交流的“谈闲天”外，还有另一种“自言自语”的境地：“只有陶老头子，天天独自坐着。因为，他一世没有进过城，见识有限，无天可谈。而且眼花耳聋，问七问八，说三话四，很有点讨厌，所以，没人理他。”

“他却时常闭着眼，自己说些什么。仔细听去，虽然，昏话多，偶然之间，却也有几句略有意思的段落的。”

“夜深了，乘凉的都散了。我回家点上灯，还不想睡，便将听得的话写了下来，再看一回，却毫无意思了。”

“其实陶老头子这等人，那里会真有好话呢，不过，既然写了，姑且留下罢了。留下又怎样呢？这是连我也答复不来。”

围绕这小小的片段，大家知道这是不能进入公共谈话空间，或者说是被其在外的孤独者的“自言自语”，但值得注意的是，作者价值评价的游移。先是否定：“没人理他”；又肯定：“也有几句略有意思”；再否定：“又毫无意思了”；又肯定：“姑且留下”；再否定：“留下又怎样呢？”这样的自言自语以及对其价值的反复质疑，都具有鲁迅的个人特色，显示出鲁迅的写作方式与言说方式。钱教授说，有了《自言自语》这样的文本以及时隔六七年以后写出的《野草》，在某种意义上可以说《自言自语》是《野草》的草稿：不仅在写作思路上与写法上有前后一贯性，而且有些篇章是可以对读的，如《自言自语》里的《火的冰》《我的兄弟》与《野草》的《死火》《风筝》。《自言自语》里还有一篇《我的父亲》，也与《朝花夕拾》的《父亲的病》对读，对于这些文章，钱教授叮嘱我们有空了一定要翻一翻、读一读。钱教授认为这是与《朝花夕拾》的“谈闲天”完全不同的另一种言说环境、言说方式，不仅鲁迅主体呈现出另一种状态，与我们读者也存在着另一种关系。

到《野草》中转一圈后，钱教授带我们到《野草》《朝花夕拾》之外游了一趟，也就是走进鲁迅的杂文。他说，鲁迅的这些散文称为“夜记”，是鲁迅自己本着这样的计划：“将偶然的感情在灯下记出，画为一集”。就“夜记”这一命名本身来讲，则提供更具体、更形象的写作情境。在编入鲁迅的散文中，就有好几篇是直接写到“夜”或以

"灯"为题的，如《灯下暖笼》《怎么写》《夜颂》《秋夜记游》等，完全可以从阅读这几篇作品入手，进入夜记的文学世界。

处在邻乡之中，在民间话语空间里，"任心闲谈"的鲁迅；远离人群，"钻入草莽"，拷问自我，"自言自语"的鲁迅；以及"自在暗中，看一切暗"，对社会冷静观察，不断发出清醒批判的"恶声"的鲁迅……那么，置于公共场合的鲁迅，又是怎样的姿态、心境将如何言说呢？于是，钱教授带我们欣赏鲁迅的演说词。他说，鲁迅的演讲与他的讲课风格大体一致。鲁迅上课的神态，看不出有什么奇特，既不威严，也不慈和。说起话来，声音平缓，既不抑扬顿挫，也不慷慨激昂。他讲的是普通话，是带着浓厚的绍兴方言色彩的口头语，他一个音节一个音节地吐字，是那么安详、那么苍劲。他的脸上，总是那样冷静，薄薄的肌肉，完全是凝定。然而，教室里却突然爆发笑声了，他的每句极为平常的话，几乎都被迫停了下来，中断下来。每个听者的眼里，赤裸裸地显示出美与丑，善与恶，真实与虚伪，光明与黑暗，过去与未来。鲁迅的"中国小说史"的讲述，却仿佛听到全人类灵魂的历史，每一件事态甚至人心重重叠叠的外套都被他连根撕掉。鲁迅在演讲中，更警惕演讲可能存在的陷阱。他在《文艺与政治的歧途》里特别指出，"刚才我来演讲，大家一阵子拍手"，"那拍手是最危险的东西，拍了手或者使我自以为伟大不再前了，所以，还是不拍手的好"。鲁迅居然视听众的"拍手"为"危险"，这样的敏感很特殊，却有着深刻的意义。钱教授说，这也是实在的，人，生活在社会上，穿上衣服遮着都是一样，一旦揭掉这层遮着的东西，露出的灵魂就完全变了。说到这里，大家陷入沉思。

这时，钱教授加重语气地说："对鲁迅散文的阅读与欣赏，如果能归结于这样的享受，这就是很美好的。"

课快结束时，课堂顿时活跃起来，钱教授要求大家提问，进行现场解惑、质疑。大家提的问题，大多是关于鲁迅的话题，我也跑上讲台给钱教授递上写的纸条。一串串的问题，钱教授在很短的时间里进行了解答。

听韩小蕙讲散文

初冬的北京，似乎可以闻到雪花的味道。树叶落满街头，偶尔也会随风跳起舞来，仿佛在欢迎远道而来的客人。我到那里，感觉冬天是温暖的，来自全国各地的50多名作家，因执着、因真诚、因热情，因心中的梦进行心灵的聚会，大家在这里听到了关于散文创作的声音。

这是2008年中国当代散文改革与发展的研讨会。地点在鲁迅博物馆。会议期间，关于散文创作的高招我们聆听了，传授者大多是著名作家、著名评论家。在这里，我将女作家韩小蕙的散文讲座用文字形式表现出来与大家分享。

在乡里读书时，韩作家的散文就与我一起翻过山，蹚过河，走过田坎，宿过村庄。它给我的是激动。在她的文字里，固然饱满生命的激情，同时，也能看出一种博大的宁静。在宁静的氛围里，生长出伟大而高贵的灵魂。正是这种高贵的灵魂，折射出她的崇高，体现出她对社会的关注与责任。这次，我见到了她，看到她那从容、灿烂的笑，心里盛满的是一种说不尽的喜悦。

韩作家，名小蕙，1978年考入南开大学中文系。1982年毕业后走进《光明日报》，现任此报“文萃副刊”的主编。她是北京作家协会的签约作家、南开大学文学院兼职教授，先后出版过21部散文书，曾获“中华文学选刊奖”“中国当代女性文学奖”“冰心散文理论奖”“冰心散文奖”“郭沫若散文奖”等。

她讲散文，听起来，不累，这与她的学识深厚有关，与她的阅历有关，与她经常散文讲座有关。她总是把散文创作的理论与实践当作朋友，言及理论，就把实践喊在一起；论实践，邀上理论作陪。她说，也许是审美定式的疲劳所致，2008 年文坛之内，作家、散文家们的作品没出现什么重大惊喜，倒是文坛界外人士，还有几位边远地区少数民族作家的笔下激荡着猎猎风云，形成击折心灵的重力，把散文的尊严进行到底。她也认为散文界 2008 年的散文，涌现出一些好作品，如陈蔚文作家的《安全出口》，这篇文章用现代的感受方式重新解读“挂号”这个命题，将我们生活中的这个最通常、最熟悉、最头疼、最厌恶和仇视、最习以为常、最密不可分的角度过程，抽丝剥茧，剖切其荒谬的非人性化，特别是非理性化内容，重新将百姓的痛苦挣扎呻吟出来；格致的《谁在倾听》、范晓波的《冷冷的照耀》、马叙的《时光词语》、傅菲的《重伤的影迹》等篇，均以全新的感受方式和语言方式，推出与传统散文很不相同的“新”。她在剖析这些人的文章时，全面、客观地认为语言是新鲜的，借鉴了诗歌的跳跃意象，以主观感觉点染客观物事，将其二者无间隔衔接，打破了传统作文的用语习俗，将名词、动词、形容词混用，营造出奇诡离常的艺术效果，模糊了时间与空间的界限，让思绪从地面飞到天上，从人间飞升圣堂，借助神祇的光芒实现性灵的倾吐，把时光、影和声响的幻异铺排到文字上面，使平面的书写时而攀上珠穆朗玛峰顶，而时下又跳下马里亚那大海沟……总之，将现有的一切秩序、一切成熟、一切规范、一切既定，统统加以现代性颠覆，企图重新打造出一个新鲜一点的、离奇一点的、动荡一点的、魔幻一点的、捉摸不定一点的新世界。

她认为，人都是喜新厌旧的，读者也是这样。置身于 21 世纪的多媒体新生活中，你不能再给乔叟—塞万提斯—雨果—巴尔扎克—普希金—托尔斯泰了；就连德莱塞—茨威格-卡夫卡的那种节奏，他们也嫌太古典、太磨磨蹭蹭。正因为这样，新散文给人带来一种别开生面的新鲜感，受到许多拥戴新潮的年轻人和不年轻的读者们的热烈欢迎。

散文思想性仍是新散文的软肋。讲到这里，她说了一个细节，2005年9月29日，她去北京305医院看望当代布衣大儒张中行先生。（当时，张先生已97岁，是在这个世间的最后一次住院，不到半年就溘然长逝。）韩作家问他：“一个文人最重要的是什么?”张先生想了想，用足气力回答：“思想最重要”，并讲“有了思想才有别的”。因此，韩作家说，对这个世界一生的领悟，好散文和其他任何体裁的优质作品一样，首要因素是思想，思想是纲。她再三强调，当我们把稿纸铺开，把电脑打开，即将敞开心扉向文学倾吐时，必须以这个“纲”作为大前提，这是写作之本，是文学脚下最坚实的基石，也是我们活在世界上的安身立命之本。她再三告诉作家们写散文一定要注重思想的高度，不能凭空想出来，这既是包括对中国社会进步的激情关注，也包括政治、经济、科学的以及诸多学科的关注与把握，还必须具有审读世界的眼光。

散文讲座接近尾声时，她又抛出一句思想的话语：“时代给我们提供从没有过的良好条件，像新建成了一个无与伦比的深水良港，你的吞吐量能否提上去，全看你的自身努力了。”

震撼心灵的对话

——著名作家王跃文印象

王跃文快到教室里给我们中青年作家讲课时，我连忙跑到毛泽东文学院塑像前同他留下一个镜头。

我早就想见见这位在中国文坛享有极高盛誉的著名青年作家，今天如愿以偿。当时，虽时值金秋，却有春风般的温暖。

王跃文因《国画》《梅次故事》这个姊妹篇，奠定了他在湖南乃至全国文坛所占的地位。他有骨气而无傲气，同他接触如同亲兄弟一般。课堂上，他那两道浓眉下的眼里，闪射出一种深邃而睿智的目光，从容地向学员们娓娓道出“小说的现实主义”。

他说他是写小说的。小说如同诗歌、散文，是纯粹的语言艺术，小说最原始的本质应该就是人类用语言发明的一种游戏，也是人类用语言作为表达工具进行的一种精神活动。他讲到小说创作要注重“真实”时，就情不自禁地谈到自己佩服的作家余华。他对余华的“我所有的努力都是为了更加接近真实”这句话非常赞同，并且还结合自己多年的创作经验发自内心地道出“真实”在小说中的价值。他要求学员们在创作中要抓住最主要的事物，也就是人的内心和意识，更重要的是关心人物的欲望去创作。

不少人认为他是反腐作家，现在不再写反腐题材，转而写商道题材，是否表示着反腐小说的式微？他写的电视剧《龙票》在中央八频道播出后，也有记者向他提及过此类话题。他却不认为自己是什么反腐作家，别人说他是官场题材的作家倒不否认，但，这只说明自己创作使用的素材。他认为，官场题材的小说，从本质来说，写的仍然是人，是人性，是人类在特定文化历史背景中的一种特殊生存方式与生存处境。与别的题材小说不同的，仅仅因为是从官场、从官场文化这个角度来表现人的共同处境和命运。人生的精神活动无论在哪个领域都离不开“人”这个核心，离不开人的情感、欲望和灵魂，离不开人性。只要人类继续存在下去，人性不管它如何表现，在哪个领域里表现，它都是永恒的。

说到这，他留下大量时间与学员们研讨，学员们纷纷向他递纸条提问，共性的话题是他为什么选择官场题材？是出乎功利，还是商业需要。他莞尔一笑：“这完全是因为我的生活经历使然。我恰巧熟悉这一块生活，我承认我的创作是现实主义的，并不因此而觉得羞愧，作为一个作家，我要有生活，对人生的观察、体悟、思考都来源于生活。只有这样，小说才不会死亡，才有继续存在下去的价值。”

当学员们问及他离开官场后有无失落感和为什么要辞职而写作，他不假思索地回答：“心里很平衡，我的工作经历是从县政府到市政府到省政府，然后到个体户。我觉得文学创作给了我精神上的愉悦。那时，我对文学十分热爱，几乎到了狂热的程度，不写的话，手就发痒。随着越写越多，越写越深刻，语言又比较尖锐，慢慢就和我的工作岗位不协调，又由于上班产生惰性，同时，觉得自己不上班也能凭笔杆养活。时至2000年，我就痛痛快快地走了出来。”讲到这里，他笑了，大家也笑了。

说是听课，倒不如说是一次心灵的对话。他讲出的每一个字，具有可感知的、可触摸的、可印证的理念和认识的价值。

穿越在风景中的文学声音

当山里的红叶冒出头来点缀大山美丽的时候，“‘江山如画·我的张家界’全国首届电视散文大赛采风”活动开始。在有序又有趣的行走中，伙聚一块的全国作家、诗人既欣赏到了美丽如画的风景，又掏出心来畅谈文学。文学的声音，在美丽的风景中，渐渐地穿越。

活动的时间是一个星期，也就是从2010年11月12日到11月16日。大家从张家界市内出发，品味张家界的山，领悟张家界的水，游览两区两县的风景。出发之前，大家相聚在张家界国际酒店会议室里。刘晓平同志说，张家界的山水挺美，大家要从风景中发现美。他还说，从事文学创作的人，要用心体验，用心感悟，用心思考，写出好作品，让作品说话，作品是作家的形象。

外来的作家对于文学创作的见解与个性，在见了奇特的风景之后也说得特别到位。当细雨斜飘的时候，大家披上蓝色或黄色的雨衣，行走在弯曲的小径上，冲过张家界大峡谷的滑道之后，来自远方吉林的作家格致发表感慨。她说，这就叫刺激，当我们进行文学创作时，也要有刺激的元素渗透在文字中。这样的文字，读起来如嚼槟榔一样才有劲儿。她说话，一说起来，如山里的瀑布没完没了。她说，创作个人有个人的角度，个人有个人的观点，我坚持己见，也不完全否认别人的。如果文学单靠抒情就是肤浅的。社会发展到今天，现在的人都比较冷漠、浮躁，看东西喜欢那种冷的、最接近现实的，至于那种抒情的东西，作为现在的人来阅读，有点不现实，他们读过之后，认为有一种虚。她还说自己十分注重文章中的“核”的存在。当缆车把大家分成几组登上天门山之后，调皮的风吹了起来，吹得大家都难以站稳。大山里，也因我们的高喊大叫变得热闹起来。虽然，我们在山里没有见到雪，但，见到了比雪更深的雾。当大家的脚板伸向鬼谷子栈道时，来自北京的女作家沙戈一看到无数的树枝上缠满红红的丝带。她说，在这世界上，人的心情是多么沉重而复杂。行走中，她与作家说得比较多的就是作家进行文学创作时要注重内心的较量，要善于用逆向思维思考。这样写出来的东西，才会有一种新的感觉。

看完山，大家依依不舍地走下山，来到慈利万福温泉。大家确实累，有点儿不想动，但，一听到市作协秘书长彭毅同志的安排，说交流交流一下文学创作，大家的劲头就来了。这时候，毛泽东文学院院长梁瑞郴发表热情洋溢的讲话。他说，张家界这地方确实美，大家要认真思考，反复揣摩，大力宣传。他认为，任何一个地方的风景，都要文人来捧。如果是同一种景色，就需要有不同的眼光和切入点，才能将该景色写出特色。他说过之后，湖南省作协副主席聂鑫森说，好风景在显眼处，只是凡人没有发现。无论是在采风取景，还是在生活上，作家必须有个性，并且将个性张扬到一定程度后，写出的作品才有个性。他们的话，让大家明白一个作家必须有自己独特的思想见解，求同存异，才能在文坛上有立足之地。

采风活动的最后一站，作家们走进红色土地的桑植。大家观赏完九天洞、苦竹寨、贺龙纪念馆之后跟着返回市内。一上车，张家界市作家李文锋急忙握上话筒，他说，通过几天的旅行，完全可以看出大家的骨子不是软的。他肯定大家不怕累之后，又开始说起文学创作来。他说，文学创作有三个层次：第一个层次就是把文学创作当成情人关系，第二个层次就是把文学创作当成生死关系，第三个层次就是把文学创作当成融合关系。如果文学创作达到第三个层次，写出来的文学作品就上了档次。

在这次旅行中，张家界市也有很多作家谈了自己关于文学创作积累的经验。如市直作家吴旻说到创作一篇文章如能产生一句永久使人们记住的话，这文章也就算不错；慈利女作家曹淑仙提到创作出好东西必须有生活的积累，光靠坐在家里是写不出好东西的；慈利作家罗建辉说，要用诗的语言写散文，格局要高，思想要深；武陵源女作家王明亚说，一名作家时刻要有悟性，靠悟性，才能有灵感，才能创造奇迹；桑植作家陈颉说写东西要有感情、体验和知识；永定作家胡家胜说自己既搞摄影又搞文学创作，认为摄影与文学创作是相通的，认为只有多实践，写作才能有进步，人生阅历才会更丰富，写出来的文章才丰实。

几天下来，大家虽然很累，但，心里仍乐滋滋的。

图书在版编目（CIP）数据

一个人的凤凰 / 谢德才著 . —北京：中国社会出版社，2018. 5

（当代著名作家美文自选集 / 凌翔主编）

ISBN 978-7-5087-5980-7

Ⅰ. ①一…　Ⅱ. ①谢…　Ⅲ. ①散文集—中国—当代　Ⅳ. ①I267

中国版本图书馆 CIP 数据核字（2018）第 099965 号

丛 书 名： 当代著名作家美文自选集
丛书主编： 凌　翔
书　　名： 一个人的凤凰
著　　者： 谢德才

出 版 人： 浦善新
终 审 人： 王　前
责任编辑： 张　迟

出版发行： 中国社会出版社　**邮政编码：** 100032
通联方式： 北京市西城区二龙路甲 33 号
电　　话： 编辑室：（010）58124856
销售部：（010）58124850
网　　址： www. shcbs. com. cn
shcbs. mca. gov. cn
经　　销： 各地新华书店

中国社会出版社天猫旗舰店

印刷装订： 北京楠萍印刷有限公司
开　　本： 165mm×230mm　1/16
印　　张： 12. 5
字　　数： 200 千字
版　　次： 2018 年 8 月第 1 版
印　　次： 2018 年 8 月第 1 次印刷
定　　价： 49. 80 元

中国社会出版社微信公众号

解开语文阅读的“金钥匙”

谢德才作品阅读训练

提分策略　答题技巧

谢德才　著

非卖品

目　录

芭茅溪的汤

（1）你喝过芭茅溪的“神仙汤”吗？芭茅溪，山山都有芭茅。这里的溪流，从岩缝里、土层中、植物的根系中，慢慢地挤出水来汇集而成。它，如山路一般，喜欢在幽静的大山里绕来绕去。这里，是八大公山国家级自然保护区绿色旅游的金三角，是“洪家关—洪湖”红色旅游路线的经典景点。

（2）大名鼎鼎的“神仙汤”，其实就是用“家乡菜”做成的。

（3）家乡菜，又名香菜。它，住在耐寒的山坡上。你往天平山的方向行走，拐一个弯，再拐无数个弯，经过地势险要、沟壑纵横的地方，爬到海拔 1000 米以上珙桐待的溪水旁，你就可感受到香菜生长的环境。绿油油的香菜，一坡坡、一片片。山里的牛羊，踩过去，踩回来，还毫不怜惜地啃吃它们，香菜却从无怨言。它，一辈子坚守溪水。生了死，死了生。

（4）不知谁的发现，认为它是一种了不起的野菜，便从山里小心翼翼地采摘回来，清洗干净，晒干，切碎，在坛子里卧上一段时间，扯出来……做成一种汤。

（5）汤的香味，常从芭茅溪的“柳荫饭店”溢出。店里老板，来这里已经几十年。客人一来，她满脸微笑，让客人如沐春风。

（6）你在店里，点好饭菜，不用等多久，喝点茶，抽点烟，嚼嚼瓜子，老板就会挪动起桌子，安顿锅子，摆好你点的菜，香菜汤自然也上了桌。

（7）几个人往桌边一围，围出温馨的味道。在客人面前都放一碗香菜汤。老板还说，汤少了，只管喊，免费加。这汤，热气直冒。香菜的叶末，浮在汤的上面。你用嘴轻轻地一吹，叶末立即散开，微黄的颜色，立即亮了出来。喝汤的时候，你不用着急。一着急，嘴巴会烫起泡来。

（8）喝这汤，你最好是慢慢地品，品它如品百年老酒，品得越慢，味道越好。

（9）一桌子的菜，有鱼，有鸡，有野味……吃完以后，给人记忆最深的，要数香菜汤了。

（10）这汤，不像冬瓜汤那样模糊，也不像蔃腌菜汤酸得打喷嚏；更不像苦瓜汤那样苦涩。这汤，透明，如炒干蜂蛹的香，醇得可口，鲜美无比。喝过这汤的人，都称之为“神仙汤”。

（11）这“神仙汤”，喝进嘴里，爽到心里。

（12）吃饭的时候，喝了这汤，可以多吃一点儿饭。山里，七老八十的人，不少，都说是喝了这汤延年益寿。村民在山里采摘粽叶，带几个红薯成天在荒无人烟的大山里转来转去，不觉得饿，也不感到累，不怕刺棘，不怕蜂叮，不怕日晒，也不怕雨淋，说是动身之前喝了这汤；山民喝了这汤，歌声更甜，舞姿更美。“香菜啊，香菜，常年山里待，每逢四月人来采；做成汤，人们喝了乐开怀……”歌声，响彻村村寨寨。他们编排的“炸筅舞”，原汁原味、幽默风趣。山里的女人，因青山秀水的滋润，绽放花朵般的美，喝了这汤，姿色大增，微红的脸，勾人灵魂。

（13）吃完饭，喝完汤，老板还赠你一些香菜，让你回家做汤吃。

（14）如果你不是特别赶时间的话，最好不要急着回家，可以到香菜汤店子附近走一走，花几分钟，可以看到贺龙当年两把菜刀砍盐局的旧址。看完旧址，你还可以走上一座石拱桥看一看。这时，闲着无事的风知道了，邀上香菜汤的香味，追赶你的脚步……

阅读理解：

1. 请你介绍一下芭茅溪。

---

2. 芭茅溪的特色汤叫什么名字？它是怎么制作的？

3. 香菜生长在什么样的自然环境中？

4. 仿写。

例句：这汤，不像冬瓜汤那样模糊；也不像藠腌菜汤酸得打喷嚏；更不像苦瓜汤那样苦涩。这汤，透明，如炒干蜂蛹的香，醇得可口，鲜美无比。喝过这汤的人，都称之为“神仙汤”。

参考答案：

1. 它是八大公山国家级自然保护区绿色旅游的金三角，是“洪家关——洪湖”红色旅游路线的经典景点。

2. 神仙汤。把香菜洗净，晒干，切碎，在坛子里卧上一段时间。锅里的水沸腾后丢进去，只要油盐即可。

3. 它住在耐寒的山坡上，海拔1000米以上珙桐呆的溪水旁。

4. 略

南岔的鱼

（1）看山，去张家界；吃鱼，到南岔来。

（2）南岔在桑植县。桑植，贺龙元帅的故乡。去南岔，与去贺龙故居的方向相同，也是同一条水泥路。车子从县城动身，经过八斗溪，再翻一个不大不小的坡，心仪已久的南岔就出现在你的眼前。

（3）这是个极小极小的乡下地方。①许多年前，怪丑，鸟儿不愿来，车子绕道，就连躺在她怀里的一些老屋，感觉也不是滋味，待不下去，迁的迁，移的移。剩下的，几乎就是这里的荒凉、忧虑和寂寞。

（4）多年前，这里筑起一座气魄宏伟的贺龙电坝。坝上的鱼，因此有了舒适的生存空间。一条条的鱼，从澧水源头的七眼泉里冲出来，潜入河水中，喜悦无比。这条河，两面的青山紧挨，几乎接吻。这山，仿佛一床绿毯静静地铺着，满是奇异的绿！

（5）这河里，有不少的鱼，鲤鱼、鳜鱼、鲢鱼，还有许多，它们的名字，我实在是叫不出。它们在水中游、洞里钻、滩上跳。一队队地游上去，一排排地游下来。它们没有夸张的本领，足以乘风破浪；波光粼粼的河面，②可纵身跃起。生活在这条河里的鱼，一点儿也不浮躁，一点儿也不孤独，一点儿也不忧愁，它们充满的是激情，爱上的是欢乐，歌唱的是阳光般的生活。

（6）当你走进一家家鱼店，鱼的香味立即会扑入你的鼻孔，钻进你的心灵。清煮的、红烧的……烹制各种汤肴。油炸，色鲜；熬汤，清甜；清煮，鲜嫩可口。

（7）无论你是诚心到这里来吃鱼，还是无意地碰上，给你的都是你喜欢的。凡到这里吃过鱼的人，感觉这里的鱼吃不厌，食不腻，究其原因，大约是这里的鱼长期生长在这条没有污染的河水里，营养成分可与对虾、龙虾等海珍相媲美。

（8）你不是热天来这里的话，老板会把你安排在洁净的屋子里吃，保你吃得痛快；若是热天到这里，他们会从屋子里挪出一张张桌子，搁在河沿的水泥板上。几把椅子一围，亲切感就围了出来。当你吃的时候，风再忙，也要悄悄地从山那边翻过来，看你，亲你，吻你，抚摩你，你的浑身像刚擦过清凉油一样凉爽；聪明的小狗，知道你来，老远也摇起尾巴，跑到你的身边，生怕打扰你，默默地躲在桌下清扫卫生；山洞里的水看见了，忍不住，跳出来，溅起又薄又细的水花，尽情地淋浴着你。倏地，一双双眼像涂了“明油”一般的山妹子，靓在你的面前，张开丽质的歌喉。

（9）如今，这里的鱼店“胖”起来了，鳞次栉比的“小洋楼”风光起来。南岔人有了吃的，有了存款，自来水不知不觉地溜进屋子，柏油路也引到家门口。说起来，还挺有趣，最近一位陈姓的台湾同胞回乡探亲，竟走错了路，找不到家。

（10）南岔的鱼，真是让人吃了一回又想一回啊！

阅读理解：

1. 从修辞的角度欣赏文中划线的句子。

①许多年前，怪丑，鸟儿不愿来，车子绕道，就连躺在她怀里的一些老屋，感觉也不是滋味，待不下去，迁的迁，移的移。

____

____

②在这条河里的鱼，一点儿也不浮躁，一点儿也不孤独，一点儿也不忧愁，它们生活充满的是激情，爱上的是欢乐，歌唱的是阳光般的生活。

____

____

2. 以上两个句子从情感和画面上，形成鲜明地对比，突出了什么深意呢？

____

____

3. 本文所述对象是鱼，却着墨不多，是离题了吗？请阐明理由，并分析本文的主题是什么？

参考答案：

1. ①作者运用拟人的修辞手法，写出了改革前南岔的贫穷、衰败、荒凉的特点。

②把鱼儿拟人化，赋予它们人的情感，写出了鱼儿的可爱，也写出了南岔人阳光般的新生活。

2. 前后对比，有力地衬托出改革后南岔欣欣向荣的新气象。

3. 没有离题，符合散文形散而神不散的特点。本文表面上像是在拉家常，没有任何主题，实则处处为写鱼做铺垫。鱼儿写得越少，鱼的形象反而在人们的心中更清晰、更有立体感；鱼儿肥美可爱了，人们的生活就甜美了，写出了改革开放以后人们生活发生变化，这正是文章主旨所在。

西莲的云雾茶

（1）这茶，明朝时列为贡茶！

（2）贺龙赶骡子，从这山里经过，喝了这茶，脸一笑，嘴一张，胡子一翘蹦出两个字：“好茶！”

（3）这茶，曾被北京人民大会堂指定为品牌用茶！而今，品茶人，端上茶杯，一闻，就知道这是西莲的云雾茶！西莲的云雾茶，生长在贺龙元帅的家乡——桑植。近千米海拔的西莲，它在桑植东北边陲。这地方，放眼望去，除了山，还是山。一条河流，温顺可爱。山多也好，人们喜欢，鸟们喜欢，茶树们喜欢的程度就更不用说。这里的阳光、草木、土壤、雨雾全看得见，真正看不清的还是这里毫无污染的空气。人们一直没有弄明白的是：究竟是这里的茶爱上这里的山水，还是这里的山水选上这里的茶？反正，山里的茶树，一落户到这里，哪怕金窝银窝都不愿去，若强行将它移栽到其他地方，西莲云雾茶的原味就消失得无影无踪。但是，其他地方的茶树，移栽到这里，两三年后，就会变成名副其实的西莲云雾茶。

（4）一株茶长多高，长多粗，仿佛听命于西莲三鹤园的安排。它，眷恋这浅黑色的沙土，正如艾青诗言：“为什么我的眼里常含泪水，因为我对这土地爱得深沉。”它，不仅喜欢这里的土壤，而且喜欢这山里的雾。山里的雾，常在天还没有大亮，就想去看看那些茶树，睡不着。它从深不可测的山沟里爬起来，缓缓行走，走进一排排、一行行的茶林里，转来转去，摸来摸去，轻盈而惬意。茶树遇上它，什么话也不说，弓着腰，露出优美的姿势，与变幻无穷的雾紧紧拥抱。雾滋养嫩芽，嫩芽渗透着雾的精髓。注定要漂泊的茶叶，一个劲地生长，一片片叶子，不知不觉，绿遍大山！“早一天采的是宝，迟一天采的是草。”茶叶一旦要采摘的时候，天一亮，采茶人就挎上茶篓、背上背篓出了门。茶林里的采茶人，东一堆，西一堆，南一堆，北一堆。大人小孩在茶林中穿行，笑的笑，闹的闹，叫的叫。在万绿丛中，游动着采茶人，回响着欢声笑语，飘逸着清脆、悠扬、悦耳的茶歌：“清明茶树发嫩芽，阿哥阿妹来采茶；情歌飞出一连串，飞向海角和天涯……”采茶人用拇指和食指头对准茶尖——绿叶丛中探出如雀儿嘴样的茶尖，轻轻地，轻轻地捏去，无论手势还是力度，都把握得十分精妙，又准又快，翻飞如蝶。一片片的茶叶，细细的，茸茸的。在灵巧的手指间，像钢琴家弹奏歌曲一样，重复着“嚓—嚓—嚓”的乐声。一片片柔嫩、青翠的茶叶，无意间，染绿采茶人的手，逗欢采茶人的心。更令人心醉的，是一些后生们采上茶叶，不时丢进姑娘们的茶篮和背篓里。她们采的是茶叶，收获的是爱情。

（5）采回的茶叶，放在锅里“杀青”，直到噼啪噼啪地响，再从锅里快速地撬出来，撒入簸箕之中，铺开，均匀地铺开。然后，顺同一个方向，一揉，再揉，三揉，再倒入锅中，炒一炒，焙一焙，再撬出来。这时候，茶叶的香味就冒了出来！

（6）“选择好茶，如选择一个好女人。”我曾喝过许许多多的茶，味道不差，也有妙不可言的韵致。但，总比不上这里的茶耐泡。这里的茶，你泡它个三遍四遍不会变味儿，杯中的茶叶十天半月不会发霉，看起来，仍是那样透明与鲜艳；品起来，还是那一般香醇与清新！

（7）一方茶水养一方人。长征途中，贺龙喝了这茶，带领桑植儿女冲出去，换来了今天的幸福！这里，不少人喝了这茶，消化不通的通畅了，皱纹多的减少了，内心积淀的浮躁也逐渐消失了，西莲人的日子一天比一天好过起来了……

（8）哪天有空，你还是到西莲走一走。到那里，你只要往椅子上一坐，茶主就会一手提热水瓶，一手端茶杯，笑吟吟地给你冲上一杯热气腾腾的西莲云雾茶！

（9）美哉，西莲的云雾茶！

阅读理解：

1. 西莲的云雾茶生长在哪里？它是什么时候被列为贡茶的？

2. 西莲的云雾茶是怎样制作的？

3. 贺龙赶骡子，从这山里经过，喝了这茶，脸一笑，嘴一张，胡子一翘蹦出两个字："好茶！"

这一句中的"脸一笑，嘴一张，胡子一翘"可否换成"脸笑了，嘴张了，胡子翘了"？为什么？

4. 最后一段只有一句话，有何妙用？

参考答案：

1. 桑植东北边陲，海拔近千米。在明朝时被列为贡茶。

2. 采回的茶叶，放在锅里"杀青"，直到噼啪噼啪响，再从锅里快速地撬出来，撒入簸箕之中，铺开，均匀地铺开。然后，顺同一方向，一揉，再揉，三揉，再倒入锅中，炒一炒，焙一焙，再撬出来。这时候，茶叶的香味就冒了出来！

3. 不能。五个一字写出了同一时间内所发生的动作，生动形象地刻画了贺龙喝茶神清气爽、无比高兴的情态。

4. 直抒胸臆。直接表达了作者对西莲云雾茶的喜爱之情，高度赞美了西莲云雾茶的好口感、好品质。

河口的豆腐

（1）饭桌上，一个帅哥无意中开起一位美女的玩笑："美女，你怎么长得这么漂亮？"这个美女一点儿也不觉得羞涩，还哈哈哈地笑起来："我可是吃河口豆腐长大的！"

（2）一句简单得不能再简单的话，引起我走走河口的兴趣。河口对于我，不是很陌生，相识并相处过，但对那里的豆腐却了解甚微。最近，与几个朋友天黑前到了那个地方。

（3）晚上，我的眼几乎一直睁着，不时都想着这里的豆腐。因为，刚到这里的时候，饭店里，摇着轮椅的老板跟我说："这里的豆腐真好！……"他老婆见他的话说得不太具体，连忙补充，但补充也补充不到哪里去，只知道自己做出来的豆腐客人都喜欢吃而已。等她说完，轮椅老板加重语气："天一亮，牌坊那边，做豆腐的，前前后后都上了街！"我终于等到天蒙蒙亮，一个中学生挎着书包上学去，我喊住他，要他给我带带路。这个学生一点儿也没有犹豫，还说他奶奶就是做豆腐的，住在牌坊边。这个学生边说边揉起自己的眼睛，说他的爸爸与妈妈感情不和，离婚多年，妈妈跟别人去外地打工，爸爸一直待在家里，身体又不怎么好，他在学校的生活费全靠奶奶做豆腐供给。走着走着，他伸出手，朝上一指：“大哥，这就是牌坊……”我走进这个学生的家，屋子里，大多是生产豆腐的工具，老奶奶正在包豆腐准备上街。我没有耽误她过多的时间，帮她背上豆腐往街上走。行走中，我从老奶奶的嘴里了解到河口豆腐的特点，知道晚清时代一位二品大员吃过这里的豆腐。老奶奶告诉我：“既要当婊子，又想立牌坊绝对不行；心存坏心的人，牌坊立不起，一立就会倒下。”这里的牌坊，已有几百年的历史，是清朝时候奉圣旨给处士长永开之妻章氏所立，呈三拱门样式，上面的词模糊不清，风霜雨雪几乎洗尽。古代的女人，拥有这样一座代表所有女德的牌坊，完全是对她一生功德的充分肯定。

（4）河口的豆腐，为何这么有名？那是因为晚上推、早上卖的缘故，这样生产出来的豆腐，才能保持它的鲜嫩。做豆腐的时候，纯靠石磨一圈又一圈地磨出。他们先将黄豆用水泡到发胀，然后，用石磨磨出豆汁。磨出豆汁以后，把豆汁一瓢一瓢地装入“沥豆浆”的口袋，像挤牛奶一样，一点一点地挤出豆浆，直到剩下豆渣为止。再后，将锅里的豆浆舀到托盆里。之后，点豆腐，点的时候用的是石膏。石膏是点化豆浆成豆腐的关键。石膏重，豆腐花，压不出多少豆腐；石膏轻，豆腐软，豆腐不容易成块。豆腐是不是成块，筷子是检验豆腐的唯一标准。一根筷子插进豆腐中，筷子倒了，说明豆腐不成；筷子直立，证明豆腐结实。等豆腐降温之后，把它们装入事先准备好的包袱里，用大石头压上一夜，豆腐水一滴一滴地落下，直到次日早晨不再滴水，好吃的豆腐就这样诞生了。

（5）豆腐的制作，主要来源于黄豆。一粒粒的黄豆由此得到升华。一些并不饱满的黄豆，也能榨出嫩滑的豆腐。豆腐的榨出，意味着人生也像做豆腐一样，需经过一番拼搏才能获得成功的价值。这里的豆腐，离不开这里水的滋润。人、动物、大自然的一切与水关系密切。这里的水，从荒无人烟的山沟里钻出，尽管一路颠簸，但它们还是以喜悦的心情跳进农家的水缸里。这里的水，清清凉凉的，尤其在六月，这里的水如冰水一样，人们把豆腐放在出水的洞边，如放入冰箱一样，一点儿也不会变坏。山沟里的水，汇集到大河里，你随时都可以用手捧着喝。这河里的水，毫不逊色于九寨沟水的蓝。河两边经吊脚楼和柳树的装饰，活像一幅美丽的山水画！最妙的，是这里下点小雨、落点小雪呢！雨，一落在河面上，河面就会显现出一些小酒窝来；雪花一飘，房屋上、山上、大树小树上都披上了如同这豆腐的颜色。这时的景致，令人产生无尽的遐想！

（6）河口的豆腐，具有浓厚的豆制品味道，绵、香醇、嫩中不老、老中含嫩，炖而香软，煎而不碎，显白而不漂、嚼而不噎。豆腐的口感，无论是煎、炒、熘、烤、涮，你都不会嫌弃它。它，清淡如一、苦中含香、白净濡润，而且有降血压、降血脂的作用。当你遇上这里的豆腐，垂涎三尺的感觉立马产生。

（7）这里人卖东西，不像其他地方人做买卖，喉咙几乎喊破，耳朵都快震聋。他们卖豆腐的态度相当明朗，不讨价还价，愿买就买，不买也不在乎。豆腐摆在固定的摊位上，他们这里聊聊，那里谈谈，不知不觉，豆腐就卖空了。

（8）近年来，去河口吃豆腐的人越来越多，他们也想趁机看看那里的美女。说起来，你可能不太相信，这里的山路上和一些房屋门口，随时都可领略到美女的风采。她们给你的，绝对是眼前一亮的感觉，看起来，各个顺眼，看了一眼，还想看！

阅读理解：

1. 文章用对话开头，有何好处？

____

2. 制作豆腐的主要材料是什么？请简单概括其制作过程。

____

____

3. 河口的豆腐具有什么特点和作用？

4. 体会划线句子的深刻含义："豆腐的榨出，意味着人生也像做豆腐一样，需经过一番拼搏才能获得成功的价值。"

参考答案：

1. 如话家常，亲切自然，入题无痕。

2. 黄豆。她们先将黄豆用水泡到发胀，然后，用石磨磨出豆浆。磨出豆汁以后，把豆汁一瓢一瓢地装入"沥豆浆"的口袋，像挤牛奶一样，一点一点地挤出豆浆，直到剩下豆渣为止。再后，将锅里的豆浆舀到脚盆里。之后，用石膏点豆腐。

3. 河口的豆腐，具有浓厚的豆制品味道，绵、香醇、嫩中不老、老中含嫩、炖而香软，煎而不碎，显白而不漂、嚼而不噎。豆腐的口感，无论是煎、炒、熘、烤、涮，你都不会嫌弃它。它，清淡如一、苦中含香，白净濡润，而且有降血压、降血脂的作用。

4. 言之有理即可。

一个人的凤凰

（1）并非天空的湛蓝吸引了我，而是悬挂在湖南吉首市火车站的一行大字冲撞我的眼球："凤凰，为了你，这座古城已等待千年！"

（2）"中国有两个最美的小城，第一个是湖南的凤凰……"当我一挤上去凤凰的车，马上就想起了新西兰作家路易·艾黎的这句感叹。

（3）在炎热的夏天，我直奔凤凰。一路的阳光不时填满我的胸怀；一路世外桃源的景象，不时滋润我的心田。山涧里，忽而是扑面的热浪，忽而是溪沟的清凉，忽而是稻田的清香，忽而是树林的幽香，忽而又是村庄散发出来的缕缕馨香！

美丽的沱江

（4）夜色中，我来到神话般的湘西古城凤凰。凤凰，传说是非梧桐不栖的鸟。此鸟系百鸟之王，羽毛美丽，雄的叫凤，雌的叫凰，凤凰常用来象征祥瑞。眼前这座古城，以凤凰为名，令人遐思。

（5）清晨，我们也步到此地登高望远，凤凰古城一览无余：只见山城白雾一片，如一幅巨型水墨画，深邃而悠远；穿城而过的沱江，流淌不息，使古城倍增灵气。待至夜幕降临，水波映衬着两岸古城的灯火，如凤凰起舞一般五彩斑斓，人流如织，笙歌不断！

（6）古人称蛇为“沱”。沱江，是凤凰县境内最大的河流。

（7）这条河，弯弯曲曲，银蛇一般舞动，蜿蜒在连绵起伏的山间和古朴的吊脚楼下。此沱江因田氏祖先根据《诗经》“江有沱，之子归”“其啸也歌”而命名。沱江的水，碧绿而清澈，晶莹剔透，像冰种宝石，令我恨不得抓上一把带它回家。这条河，因沈从文的《边城》享誉文坛、闻名世界之后，裹着山城的古韵，升腾灵动的仙气，不断地从方块汉字溢流，汇入世界的人文之河。

（8）早在商周时期，就有人类在古老而静谧的沱江活动。千百年来，沱江见证着人间的沧桑与纷繁。我踏着前人的足迹，沿着清一色的石板路前行，一排排柳树，似乎诉说着那一段段已经远去的前尘往事、刀光剑影，诉说着那一段段已经刻入岁月深处的生离死别、儿女情长……

（9）河水缓缓流向夜的深处。这时，古城外的层层山峦，黑得简直可以用刀子一块块地割下，但，近处河面闪烁出的五彩金鳞，其光亮却胜似白天。

（10）慢悠悠，荡悠悠。我一直往前走。这时，熟悉而动听的女声民歌，不知从哪飘将出来："郎在高山咯打一望咯喂，姐在哟河里哟情那妹妹哟一哟，洗衣裳咯喂，洗衣棒棒哟捶得响咯喂，郎喊哟……"这歌声，穿透时空，飘荡在古城瓦舍之间。

（11）我坐在江边，左顾，右盼，寻找歌声的来源。

（12）哦！是江的对面，它们从对面鳞次栉比的吊脚楼里飞了出来。听到这歌声，来自天南地北的游客再次沉醉。这歌声，一会儿奔放，一会儿轻柔，一会儿远，一会儿近，好像长了翅膀，在沱江的上空盘旋、回荡。

（13）在这时，我虽不见歌者，也不见舞者，但，我领略到纯朴、柔情和豪放，领略到人世间情谊为怎样，领略到什么叫作民间天籁！我不由自主地转身，跟随不远处哗啦啦的一声，发现坐在我旁边的竟是一位如此靓丽的姑娘。她居然情不自禁地甩开男友的臂膀，赤脚跨入水中，踩上沱江的碧绿，踩上歌声中的激情飞扬，踩上自己久久的梦想，手舞足蹈起来，"沱江，你太美了，我真的好想嫁给你！"一问，她来自遥远的北方。

虹　桥

（14）午夜的街道上，已没有白天那样的喧闹和熙熙攘攘，从石板上发出的“嚓嚓嚓”的脚步声，仍有三三两两。鸟还没有鸣，鸡还没有啼，窗外的天色，却依旧被灯火照得透亮。彻夜难眠，我辗转反侧，一种莫名的兴奋催我起床。于是，走下楼，渐渐地，连走带跑，我来到了横跨在沱江之上的虹桥旁。

（15）在桥边，映入眼帘的是一副“今宵皓月，谁在回龙潭上，华灯楼船，彩影荡漾，弦歌映山山映水；照眼春阳，廊桥正午时分，醉客雅旅，游侠高僧，靓景如梦梦如诗”的对联。这对联，是著名画家黄永玉的佳作。黄永玉的家，是一幢夹在吊脚楼中的小楼，在虹桥的西南侧。

（16）这桥，始建于明洪武初年。

（17）我步近虹桥，立即被它的恢宏雅致、古色古香吸引。虽然，这桥已经修缮一新，但，我还是默默地追思遐想：岁月的流逝，近百年的战乱与历史的变迁，当年的虹桥早已满面沧桑。这桥，不知有多少人从这里走过去，又有多少人从另一端走过来。以往，是文人墨客、普通百姓从这古桥走出去，而今，多数则是潮涌般的游客走了进来。这不，天还没大亮，桥上，人却挤得连脚板都无处安放。

（18）眼前，多间木板门面，销售着手鼓等民间工艺品，也有书店和卖杂货的。我一头撞进一家“边城书店”。这里，人太多了，我的腿，几乎站麻，却不见书为何样。我想离开，但，又不甘心这么远跑来连个书店都不逛。平常独自一人出远门，书店就是自己最喜欢的地方。忽然间，眼一亮，我看到了书架上不同版本的《边城》。

(19) 我如饥似渴，匆匆地翻阅一本又一本的书，最后选定的，还是旧版本的《边城》。其文字，我不说，因为，我几乎能够背诵。但，见着这版本里有趣的素描，油然生起一种欲望。这欲望，就是带上它，正如自己来的时候携上一份好的心情。我给穿着苗家服饰操着本地口音的女店主付钱时，店主似乎看出我的心思，随手拿出印章就盖。一盖，接连盖上好几个，连同她的那份真诚和希望也给盖上。

(20) 接着，随着一群人，我走上虹桥的二楼。二楼上，有许多民间珍稀的工艺品，如苗家的木椅、巨型的烟袋、古代当代书画家关于凤凰内容的珍迹。虽然，明知是复制品，但，不失其任何内涵。在这楼上，我还目睹到江上人们坐小船别有的韵味，欣赏到万名塔……

(21) 江面，波光粼粼，渔舟摇曳而过，掀起层层涟漪，令人心醉，好一幅风景画！

沈从文墓地

(22) 在凤凰古城，我见到最多的，可能要算一排排新旧交替、矗立在江边的吊脚楼，一条条写满传奇故事的街道和江边充满神奇的石板路。吊脚楼，知道距离才是美，让柱子隔开楼体，深深插入江水之中，柱子仍挺立不折，尽管历经岁月的冲刷；石板路，像经典美文一样，经得起时间与空间的检验，尽管经历无数人的踩踏，却越磨越有活力。

（23）沿着沱江，我走上青石板，穿行一道古朴而幽深的老街，不时得侧侧身，让一些不大不小的人力车经过。步行一段路，再上一条曲幽小径，便到沈从文墓地。

（24）这地方，绿荫一片，山泉深深，清新、芬芳。沿着芬芳走去，忽见一块刺刀样的大石头上刻着“一个士兵不是战死沙场，便是回到故乡”的字样。这句话，让我立即想起沈从文先生的生前苦难。再上几个石板，一块石碑上，就有沈从文夫人张兆和关于沈从文的文字。我站在那里，一字一句地默读。那些文字，让我看到了沈从文年轻时的帅气知性，看到了他年长时硬朗儒雅的性格。看着，读着，想着，我被沈从文的身世所感动。

（25）右移几步，几个小朋友手捧鲜花犹豫地走近我：“大哥，买束花吧，送给沈爷爷；沈爷爷好寂寞的。”他们的声音，低得几乎听不清。我不假思索，接过花，我的眼，又一次流出伤心的泪水：“这哪里是墓碑啊！而今，农村许多坟墓占田占地。你，沈从文，一个享誉盛名的大文人，墓碑却如此朴素。”为沈从文为人的谦卑与精神的高大，我弓下腰献花。

（26）起身抚摩墓碑，我想起这位老先生的骨灰，有一部分安放在这块彩色玛瑙石下的土中，一部分撒在他家乡河的沱江之中。我想，他的灵魂，守护着延绵不息的沱江，传承着质朴无华的民族风尚。我仔细地看着碑铭：“照我思索，能理解我；照我思索，可认识人”，认真地默读碑后雕刻的挽联：“不折不从，星斗其文，亦慈亦让，赤子其人。”其挽联，匠心独具，每句最末一字连起来竖读，则是：“从文让人。”这，折射出沈从文先生的平凡与伟大！

（27）下山时，我的脚步变得沉重，嘴巴，也似哑巴语塞，只有心绪在努力地翻滚。

（28）凤凰，来到这里的人们，怎能不浮想，怎能不敬仰？

阅读理解：

1. “中国有两个最美的小城，第一个是湖南的凤凰……”当我一挤上去凤凰的车，马上就想起了新西兰作家路易·艾黎的这句感叹。

请问：你知道的古城有哪些？最少说三个。

---

2. 本文主要写了哪几个景点，请简要概括其中一个景点的独特之处。

---

3. 结合文末的句子，谈谈如果你到了凤凰，你会想到什么，敬仰什么？

参考答案：

1. 云南丽江、山西的平遥古城、位于广西壮族自治区东北部的阳朔、贵州省镇远古城、四川最大的“风水古城”阆中等等。

2. 本文主要写了三个景点：沱江、虹桥、沈从文墓地。如沈从文墓地挽联每一句句末字竖读“从文让人”，可见其品德之朴素、谦让、宽容、善良。

3. 言之有理即可。